西川美和：围绕电影的X

映画にまつわるXについて

[日]西川美和 著

吕灵芝 译

CS 湖南文艺出版社 HUNAN LITERATURE AND ART PUBLISHING HOUSE 博集天卷 CS-BOOKY

雅众文化 出品

目 录

第一章 漫谈电影之X

第二章　灌满泳池的啤酒

第三章　梦的前后

——电影《摇摆》制作记录

第四章　提不起劲的转机

第一章

漫谈电影之 X

X= 英雄

一位名叫朝青龙的相扑力士退役了。

记不得是何时，初场所[1]的最后一天，朝青龙关取[2]获胜后，换上和服正装穿过国技馆走廊，被我看见了。那一刻，我顿时化作《毕业生》里的达斯汀·霍夫曼，在馆外忘我地猛敲窗玻璃。横纲[3]看见我们这帮离暴徒只差一步的人，却露出了遇见旧知的笑容，朝我们挥挥手，仿佛在说：原来你在那儿啊。我这个追随者站在刚开年的冷冽夜风中，激动得

1 日本相扑协会定期举行的大相扑比赛。每年 1 月在两国国技馆的比赛被称为“初场所”。

2 指大关，日本大相扑仅次于横纲的高阶选手的统称。

3 日本大相扑最高阶选手的统称，此处指朝青龙。

浑身发热。他坐进游行花车后，矮小的我便无法透过人群看见什么了。我暗下决心，若今后还有目睹他在终场比赛中获胜的机会，定要抱着垫脚板凳来看。如此出类拔萃又趣味十足的相扑选手竟要从土表[1]上消失，固然让我内心十分寂寥，但想必也有很多人会长出一口气，感慨再也不用看到朝青龙那种没规矩的傲慢。

一些惋惜他退役的人会说："坏蛋不在了真没意思。"然而我从未将他当成"坏蛋"。故事中描绘野生动物世界时，会理所当然地把鬣狗、胡狼、虎鲸写成坏蛋，两者的异样感在我眼中有些相似。我们明明没体验过胡狼的生活，又有什么资格说它是坏蛋？虽说如此，敌视粗暴之徒，同情顺从者；敌视掠食者，同情被猎食者，这都是人之常情。即便自己坐在起居室大啖尚在滴血的牛排，看到电视上的小鹿被追逐，也会大喊"快逃"。这就是人类矛盾的可笑之处。就连我，看到鹿妈妈辛苦养大的可爱小鹿被黄色獠牙撕扯，也决不能不掬一把同情泪。然而，在故事中被彻底当作凶残黑道的胡狼更为可怜。这恐怕又是另一种对弱者的不合理同情了。

1　相扑比赛的圆形擂台，被逼出土表之外判输。

朝青龙关取就像一头食肉恐龙闯进了埋头啃草、性情温顺的食草动物王国。他以令人惊异的速度猛然侵袭，掀翻那些毫无抵抗的身体，从上面撕扯肉块。那样的势头，让人感到了某种抗争，仿佛燃烧着针对惯例、歧视与压力的愤怒。难以压抑的怒火腾起，好似要挣脱紧紧束缚的兜裆布。那个在土表上奋力挣扎的身影，无疑是人类自身。

朝青龙关取的秉性没能因所谓“教育”而得到矫正，始终让人避之不及，到头来也成了搬起石头砸自己的脚。近来除了政治家，很难看到像他这样闹出闻所未闻的自我毁灭的事端，叫人纷纷唾弃的人[1]。电视上的人都说：“他要是再低调一点就好了。”只是，他偏偏做不到“低调一点”。人人都劝告他别因为那种蠢事栽跟头，稍微忍耐一点，就能轻易收获荣光。然而他无论做什么事，必然反其道而行之，宛如电影中的人物所采取的行动。在充斥戏剧色彩的电影中，像朝青龙关取那种人格十分常见（换言之，若没有他那种人格，“电影”就不会诞生），因为越是让死板的大叔大妈讨厌的角色，就越让人感到亲近。然而要成为现实的英雄，他

1 指 2010 年 1 月朝青龙酒后打人，引咎退役的事件。

的人格未免过于电影化了。这个时代不再欢迎凶神恶煞的豪杰。把田中角荣、力道山和胜新太郎放在今日，恐怕未及演绎英雄，就已经遭到淘汰。就算所有人都认为《愤怒的公牛》是杰作，那也仅止于虚构世界。没人愿意在自己生活的世界中招惹像公牛一样暴怒的罗伯特·德尼罗（或电影原型杰克·拉莫塔），这就是所谓的“低调”感觉。

我出生于长岛茂雄退役那年，待到懂事，那个万人憧憬英雄的时代已经过去，所以从未体验过与他人并肩崇拜某个人物的感觉。无论是漫画角色，还是运动员，自身喜好与人相异理所当然，我们都在勉强倾听却无法全盘接受他人喜好的日常中长大。因此，我虽然不具有基于历史经验的集体主义恐惧症，却对那种万人一心的光景多少感到有些怅然。尽管如此，人心还是需要幻影。独自赶路惊恐无状，谁都想要一个照亮自身前路的存在。无论大人物抑或小角色，只要那个人存在于这个世上，自己也就能活下去。

大约二十年前，我还在上高中，电视上播放了名为《恐怖 24 小时》（深町幸男导演）的剧集。我记得那是昭和年代真实案件改编的系列之一，原型与今村昌平导演的大作《复仇在我》（左木龙三原作）相同，都是讲述西口彰连续杀害五人，被警方全国追缉的故事。

故事舞台安放在九州的温泉小镇，致力于冤罪死刑犯救助活动的教诲师[1]家中突然迎来一位客人，那人原来是役所广司扮演的在逃杀人魔，彼时伪装成了“支持救助活动的优秀律师”。那家人的小女儿，还在上小学的姑娘看过贴在镇上的通缉令，从一开始就对那位不速之客心存怀疑，无奈家中所有人都不理睬她的话，还说：“这位是厉害的律师先生，不可能是逃犯。”西口大概担心万一被逮捕、起诉，不久就会被判“死刑”，于是在那家人面前做了一番“死刑是一种野蛮行径，应该取消”的热情演讲，还抓住性格叛逆不孝顺父母的长子进行了一番说教。最终疑心越来越重的教诲师一家还是报了警，警察赶到后轻易便将他逮捕了。

故事如题，全篇贯穿了一个悬念：心狠手辣的连续杀人犯潜入平凡百姓家中藏身，好人一家则要极力装出毫不知情的样子哄骗杀人犯，等到警察来将其逮捕。这个主题成为电视剧的核心，不断吸引观众投入其中。然而让人印象最深刻的场景，是役所广司对那家人的不孝子踢打恫吓，直至其下

1　一种职业，负责开导监狱内的判刑囚犯，讲解德性涵养。

跪求饶，随后坐在窗边看着外面的黑夜，口中喃喃：“你到哪儿还能找到这么好的家啊。”他说出那句话时，无比瘦弱的胸膛让人心中涌起一阵不安。那天晚上，西口睡在长子旁边，弓起高大的身躯抱着被褥，呜咽着说自己也有一个差不多大的儿子。

第二天早晨，杀人魔在出门相送的教诲师面前遭到逮捕，可他被按到警车里后，还是挣扎着把头伸出来，留下一句“我们在福冈的律师那里再会吧。”带着灿烂的笑容从一家人面前消失。西口彰被逮捕后，法庭正式对其判处死刑，很快便执行了。剧集做完这段说明，便落下帷幕。当时我心中涌出一股难以言说的感觉，尽管在母亲面前强装了高中生的叛逆，夜深之后，独自泡在早已变温的洗澡水中，我却如同被裹着被褥的役所广司附身，流下了眼泪。

从现象而论，看完东映的高仓健先生塑造的或电影《洛奇》描绘的英雄形象之后的心理状态应该与上述类型相同。换言之，就是连续杀人魔形象激发了我的情感宣泄。尽管我自己都对此感到毛骨悚然，不过看到电影刻画出那种人物内心的“纠结”，让我感到自己心中沉睡的不可名状之物得到了救赎。那种埋藏在人类精神深处、无处容身、有如危险废弃物的东西，竟能以这种方式被赋予生命。我蜷缩在浴缸中，头一次懵懂地感觉到今后的道路被什么东西照亮了。

那些无法成为英雄的人物，照亮了我的人生。那么，我是否也该称他们为英雄呢。

其后的电影观赏体验中，我仿佛也一直被受人唾弃的主人公深深吸引。他们的人格与行动充满倒错，拒绝贤者的忠告，以自身的失态毁掉整个人生。可是，他们依旧不放弃，还要再次奋起，咬紧牙关从头再来。那些充满悔恨、矗立在黄昏中的英雄，成了我的精神食粮。故事里的巨大悲剧与自己生活中遇到的烦心事，在深刻程度上大抵相差甚远。尽管如此，我们还是要在这个不值得成为“故事”、无端琐碎的世界中咬牙坚持，不断经历挫折。而照亮了这些渺小人生并以身相伴的，或许正是黄昏的英雄们。

曾经有无数英雄激励了站在冰冷深渊边缘的我，我也定要创造出更具魅力的英雄，以此向他们致敬。无奈我在桌旁流连月余，依旧无从下笔，内心暗生绝望，恐惧明天终不会来临。就在那时，我打开电视看到了让资深解说员抱怨不已却对此毫不介怀，面对低等级对手毫不留情，将他们尽数挫败的朝青龙关取。那种目中无人的气势顿时让我热血沸腾，仿佛自己也成了凶猛的霸王龙，再度奋发热意。我的英雄，并非他的英雄。

别了，朝青龙关取。谢谢你。

《J-Novel》2010年4月号

X= 裸体

观看史蒂芬·戴德利导演的《朗读者》时，我发现了许多超越原作小说《朗读者》的描写，因此深受刺激。最令我震撼的，当属主演凯特·温丝莱特的裸体。

我不知在美国，她的裸体镜头有多少是为了促进票房的“卖点”，不怕冒犯地说，我感觉那个裸体与“卖点”的性质截然不同。在这里为尚未看过这部作品的读者说明一下：故事发生在大战结束后的德国，讲述一个少年与一名单身中年售票员女性的恋爱，以及两人其后的人生走向。电影以“大恋爱”为基础，细致刻画了纳粹在德国留下的种种伤痕。最关键的是，少年主人公深爱的对象，竟是足以当他母亲的年长者。电影里有个镜头：少年赞叹她的身体“很美”，她却露出了自嘲的笑容。若那是一具与年龄不符、好似美玉的皎洁裸体，就完全错失了电影的意义。如何让她的自嘲充满说服力，这就是整部作品的命脉所在。而凯特·温丝莱特用自己的肉体完美接续了那条生命线。那就是一副不折不扣的中年人肉体。身为好莱坞大咖，她的收入足够拥有一架私人飞机，一般人当然认为，她能够用在身体保养方面的费用和手段绝对超乎想象。然而，那副濒临腐朽的肉体却完全颠覆了这个认知！啊啊，怎么会这样。她坐拥如此身家，究竟把钱用到哪里去了？莫非她专门为这部影片拍摄，把身体弄成了这副样子？虽然细节无从探知，我还是忍不住感叹。太棒了，凯特。你的裸体太棒了。比《泰坦尼克号》时还要绝妙一百倍。

西班牙巨匠佩德罗·阿莫多瓦导演的《破碎的拥抱》中，佩内洛普·克鲁兹也做出了绝佳演绎。佩内洛普饰演一个与主人公电影导演坠入爱河的女演员，在数次激情戏中都未现出裸体，反倒在与久违的旧情人——一名老电影投资商同床共枕后，出于憎恶跑到厕所呕吐的场景中首次向观众展示了毫无防备的身体。竟然在这里展示！如同人偶般美丽的佩内洛普，竟在最肮脏的场景下展现裸体，使画面带上了某种动物气息。我不禁感慨，这个裸体真妙。

另外，邻国韩国的朴赞郁导演还有一部作品名为《蝙蝠》，饰演吸血鬼神父的宋康昊与人妻坠入爱河，丧失人伦，失去所有权威，最后在曾经的信众面前闪现了毫不遮掩的下半身。据说日本公映版本将那个画面做了马赛克处理。因为我在国际电影节上观赏了这部作品，得以目睹处理前的镜头。那真是一具可笑又可悲的裸体。远远看去并无让人惊诧之处，只是异常平凡、覆盖粗野阴毛的男根。而那种平凡就蕴含着最大意义。若加入马赛克，反倒会使其意义全失，倒不如直接剪辑掉算了。

虽不能说只要脱光就好，但不知从何时起，日本电影中的裸体仿佛成了某种高难度操作。女演员中流传起了“秀胸人”这种模糊归类，部分演员即使早期会脱，拥有一定地位后便会对那种归类唯恐避之不及，顾不上作品内容要求，转向坚决不脱的原则。还有个传闻不知是真是假，艺人与化妆品制造商签订代言合同后，考虑到品牌形象问题，合同存续期间决不能出演裸露镜头。由于出演电影只能拿到合同佣金，导致演员和经纪事务所只能依靠广告收入，这恐怕就是万恶之源。但不管怎么说，这种事情都让人心寒。人类生活至今仍存在性爱、排泄、沐浴等“裸露”场景，身为电影导演，却要在重现日常的同时，唯独规避掉没有穿衣服的场面，这实在很难实现。一想到今后制作电影要时刻提防着女演员的乳头，我就感到无比脱力，仿佛要窒息了。

话虽如此，将裸体呈现在众人面前想必也是一桩难事。有些人为了电影献身，却毫无悬念地会遭到那些连电影都不看的无聊之辈起哄。那简直是难以言喻的屈辱。演员也并非暴露狂。我干导演助理时，有时遇到演员沐浴或游泳的镜头，需要在设置灯光器材时代替演员穿上泳装站位，就算身上还套着一层泳装，也多少体会到了某种无助感。若换作能够傲然将完美肉体示人的他人，是否会有不同想法？总而言之，在一群人包围之下露出毫无防备的状态，需得精神相当坚韧之人方可做到。

大约十年前，我还未能独自拍摄电影。当时不甘于到处打下手，感觉自己得做点什么出来，便找上了出身于九州的新手摄影师一道去拍摄关闭的煤矿、宫崎日南海岸线的蜜月酒店废墟等等，打算将残留在九州各地的昭和之梦，做成一个纪录片。我把策划方案拿给师父看，他却问我，你做的这东西除了怀旧还有什么？然后对我说，如果是创作者从一开始就知道结论的纪录片，做出来也没意思。我当时很生气，只有怀旧难道不行吗？老实说，我本人是广岛县出身，对“九州”这个地方甚至不存在真实的怀旧，仿佛被师父一眼看透了内心，连反驳的话都说不上来，突然感觉那个策划很蠢，于是就这么放下了。如今回想起来，虽然那种节目也不错，但还真不是自己该做的东西，我也从未后悔过放弃那个策划。大概直到最近，我才真正理解了“从一开始就知道结论的东西其实做出来也没意思”。

这件事情的经过且不再赘述，我只想说，在策划拍摄时，我曾专门到熊本去拜访了过去在浪漫色情片领域风靡一时、号称“SM 女王”的演员谷奈绪美女士。我读书时曾在神代辰巳导演的作品中领略过谷女士演员时期的风采，那种凄楚情色的感觉实在不知如何用话语来表述。谷女士通体圆润，属于典型的“昭和裸体”，穿上和服给人感觉就是恰到好处，体态与如今从事裸露工作的各种女演员截然不同。不过在浪漫色情片迎来终结之前，谷女士便抽身而出，几乎不再公开露面，而是在熊本市内开了一间小酒馆。我那次去拜访，就是希望能与她谈谈曾经的梦幻时代与当下。

店里照明十分邪魅，仿佛随时都要上演魔术秀，墙壁和茶几的玻璃面板下装饰着极具挑逗性的内衣和束缚器具，让人不禁联想到谷女士曾经的光辉。而谷女士就候在店中，举手投足优雅自信，挽着一头浓密的黑发，洁白细嫩的脸上轻轻勾起微笑迎接我们，让人很难相信她已经隐退二十年了。当时我们还是二十出头的小年轻，穿着脏兮兮的牛仔裤和工装靴，显然与店内的气氛格格不入，但谷女士还是高兴地说："没想到还有这么年轻的小妹妹认识我。"

我手足无措地向她说明了策划主旨，希望能请她在镜头前闲话从前和现在，但谷女士却毫不犹豫地拒绝了。她说，不希望自己毁了客人的梦。

我们没有轻易放弃，坚持对她说："现在的谷女士也十分美丽。"谷女士却垂下细长的眼角，用湿润的声音喃喃道："当时我的身体是专为客人观赏之用。"正因为这样，平时她对身体的管理十分严格。由于不能晒黑，她从来不穿短袖，尽管处于青春时代，却十几年从未去过海边玩耍。唯有小心翼翼地保养，才能站到镜头前。那种世界里的女人都不存在于现实中。而她拼命把自己加工成了那样的女人，为客人创造了梦，所以也希望能够被客人永远珍重在心。而她真正的人生，则无须与客人产生任何交集。或许也有人会想，她现在怎么样了。可是隐退过后，再用这副不如以前那般注意保养的样子出现在人前，难道不会让曾经喜爱自己的客人大失所望吗？她决不能做出那种背叛客人的事情。

果然是柔美肌肤之下一层铁壁的九州女人，我们再也说不出劝服的话来。直到最后，谷女士说着“对不起，请加油啊”，温柔地送走了我们。看来，裸露身体并不容易，轻易裸露的身体没有价值。

裸体存在独立的人格。骨架、皮肉、松垂状态、形状、毛发、色泽、保养程度，这些东西都能体现出人生。裸体这种人格不容轻视。正因为它有不容轻视的威力，我们才想看到裸体。然而，我却一反刚才的强硬语气，对演员愿意裸体这种事感恩戴德，恨不得五体投地。我想，必须改掉这种不争气的态度，总有一天做到与演员的裸体毅然对峙。我在拍摄普通镜头时，总会不厌其烦地纠结琐碎强调细节，还对服化频频置喙。可是一到情色镜头，我就会偃旗息鼓，缄口不言，“请演员自己发挥”。身为导演，这种不负责任的态度可能引来了演员们的不信任，让他们难以对我敞开心扉。我还曾被演员抱怨，为什么一到床戏就要我们凭主观经验行事。说得太对了。一个演员天生的裸体，并不一定适合所有角色的裸体场面，所以要仔细考量符合那个角色的理想肤质和皱纹分布情况，以及局部黑色素沉淀情况，不够的就补足，多余的则去除，积极“塑造角色”，努力配合演员进行演绎。演员之所以感到羞耻，皆因导演本人感到了羞耻。日本各位演员，让我们共同直面裸体的挑战吧。

《J-Novel》2010 年 7 月号

X= 试镜

“咚、咚”，一阵客气的敲门声过后，房门打开，长发飘摇的制服少女如同一阵清风流入房间。这可不是单身男子的梦想，而是我的现实，因为今年夏天，我将要开始拍摄以女高中生为主人公的短剧。

这两年半的时间里，我都埋首于自己的电影制作和宣传，而日本却悄然迎来了号称“电影泡沫”的时代。海外的短剧被一股脑儿挤到角落，数量庞大的日本电影占据了各个剧场。那种光景有如喧嚣的大甩卖，只要一打开电视，就能看到高频率播放的电影广告，仿佛要给观众洗脑。不仅如此，到处都能看到宣传特辑，同样的演员穿着同样的衣服重复同样的话语。原来我自己的电影也存在其中，以类似的方法宣传吗？

想到这里我便全身无力，最后，我甚至不再看日本电影了。就算偶尔有些空闲，也只会窝在家里观看老电影DVD，口中念念有词。这种行为导致了什么结果呢？就是我陷入了一种困境：几乎不认识十几二十岁的年轻演员。

新人演员辈出，而我明明在写女高中生的故事，却完全无法自己选角，甚至有点茫然。对于这点，我认真反省了一番。从我自己的职业立场来看，本应更积极地一头扎进这个领域中。那些做事真正有意思的人意外地豁达，即便对与自己领域毫无关系的流派和新事物，他们也会保持开放并表现出好奇。那是一种竞争心理，是不畏挑战的精神。那也是一种贪欲，只要有一丝一毫能够参考、能够偷师的要素，就绝对不会放过，绝对要弄到手。一旦舍弃了那种孩子气的竞争心理，人就会开始僵化，因为最容易之事莫过于因循守旧。

于是，为了解决我自己根本不知如何选角的问题，我们请来了许多少女进行面试。当然，我并不想直接照搬别人已经挖掘出来的金矿。经过这次选角，说不定能发现闪亮的新星。我带着这种想法，久违地坐到了会场长桌正中央——不过老实说，我对面试这种事很不拿手。总有种感觉——说白了就是跟公司集体面试差不多。我不幸遇上了上世纪九十年代的就业冰河期，曾经去各种公司参加过很多次集体面试，那可真是让人不愿想起的记忆。大人们全都带着估价的眼神，高高在上地看着我们，让我感觉自己成了被拉到台上竞价的肥猪。面对几个着装措辞都硬装年轻的油腻大叔大婶，我要把二十几年的人生经历说得宛如某种特技，说着说着自己也觉得没什么了不起，心情突然变得非常空虚。那些面试无一例外都落空了。每次在公寓邮箱里找到“很遗憾，您没有被录用”的明信片，我都会感到背后一凉。然而更让人难以忍受的是那些“我们只会电话联系被录用人员”的公司，因为他们打电话的时间段必须候在家里，我连续好几天，都骑着自行车从打工地点飞驰回去，却发现电话留言指示灯一直保持沉寂。盯着毫无动静的电话苦熬了三天、五天、一星期、十天……最终不得不告诉自己，也许吧，这就是——认识到自己的那一刻。至今回想起那个瞬间，我都会感到太阳穴一阵刺痛。而比落选这个现实更让人难以忍受的，是无论参加多少面试，无论落选多少次，都没人告诉我自己究竟哪里不行，为什么不行。我完全不知该吸取什么教训，朝哪个方向努力。为此，我曾经诅咒过负责面试的大叔大婶，怨恨他们的不诚实、对失败青年的漠不关心。而现在，我也成了那样的大婶。

工作面试和选角面试虽然不同，但都是让几个人站在面前进行比较，单方面进行取舍，其残酷性并无二致。这让我总觉得耳边有个声音：装什么装啊，明明连戏都不会演。对演员来说，选角面试属于日常工作之一，或许他们已经锻炼出了不会每次都一喜一忧的精神力量。但即便如此，落选这种事也绝非能够习惯的事情。然而我又不能直接向这几十个应试人选一一传达落选理由和对今后的建议，因此自己也是个不诚实、漠不关心的人。实在对不起。在这里，且容我稍微介绍一下，我们选角时会关注参选人的哪些方面。

首先无疑是外表。我们丝毫不遵守“不可以貌取人”的道德标准，甚至反其道而行之。假设我要挑选一个演员，饰演住在孤岛上萧条的渔村里不知活了多少年的诡异神婆。万一吉永小百合女士来参加选角，我也必须鼓起勇气将她刷掉。因为若不鼓起勇气，就不得不每天花五小时给吉永女士做满是皱纹和暗沉的皮肤效果，把她打扮成毛发牙齿脱落的老太婆。

并非俊男美女就能永远受到青睐，随处可见的长相也必定存在某种意义和力量。因为这次故事舞台被设定为女子高中，我特别想强调的是周围没有男生，便不用刻意展露女生气质的少女真实的模样，因此想招募很多尚留有一丝粗糙感的普通女高中生。然而经纪公司手头的十几岁小演员不可能是什么普通人，她们大多很注重自身形象，全是特别精致的美少女。而我转头坐上回家的电车，周围又全是龅牙、肥胖、不处理体毛、天真幼稚感扑面而来的理想高中生，令我很是进退两难。

我们也会让面试者简单做些表演。此举能够一目了然地观察到面试者本人的“演技”，就算不是专业演员，也能根据他们的表演评出甲乙丙等级。有趣的是，一些人十分恬静地做完自我介绍，跟我们聊着含蓄收敛的话题，但一旦进入表演环节，便会做出惊人的大动作，喊出中气十足、与剧本截然不同的自创台词，呈现出一场充满感情的演出。这让我深深体会到，平日的思考和知识量并不一定与本人的理解能力和演技相关联。

不过还有一种无关技术好坏，更难以演说的感觉。就算乍一看不机灵，不欢快，不热心，若感觉那种气质与自己心目中的角色气质有某种相似性，或是感到其中潜藏着向未知方向发展的可能性，那么即便心中暗想“这演员有点麻烦啊”，还是会在对方名字后面画上红色圆圈。

本次举行的选角面试有许多嫩得能掐出水来的美少女参加，其中有一位少女为了专心工作，已经从高中退学。我漫不经心地问了一句：“你平时会跟高中同学一起玩吗？”她则毫不在意地立刻回答：“我不跟高中同学见面。”我心里想，没必要再问下去了，但还是问了一句：“为什么？”结果她的回答是：“因为上学时被他们欺负得很厉害。”

她的语气无比平淡，看见我们哑口无言，那端整的脸上还缓缓浮现出微笑。

“那是——女孩子的嫉妒？”

“男女都有。”

“唔唔——”

“不过一直都这样，我早就习惯了。”

“唔唔！”

我们让前来参加面试的人尝试了“女高中生小A和小B”的即兴演出。小A很崇拜班级偶像小B，很想跟她成为好朋友。然而有一天，小B却听其他朋友说：“小A穿衣打扮和兴趣爱好都在模仿你。”于是她对小A的看法有了改变，就是这样的故事设定。我们没有定台词，而是请面试者自己思考角色，使用自己想到的话语。

从整体倾向来看，饰演班级偶像小B时，几乎所有少女都会对小A表现出明显的冷落态度，想把她排挤在外。要么就是本来很想疏远她，但饰演小A时，则是那种积极的性格类型，使得小B不由自主地被绕了进去，最终变成讨好小A的下场。当然，这两种演绎都不算错误。唯独上文提到的少女没有排挤小A，而是用甜美温柔的笑容撩动对方心情，但又用十分微妙的话语巧妙地规避了对方的好意，不动声色地伤害她的自尊，将其愚弄了一番。而小A本身恐怕也要等到坐上回家的电车，才后知后觉地醒悟到：“刚才她莫不是在捉弄我？”那种技巧堪称满怀恶意。当她反过来饰演小A角色时，也没有对演绎方式做太大改变，而是同样带着足以融化人心的微笑，做出的表演让人忍不住想警告：啊，你那是假装老成，很容易招人讨厌啊！快别这样！对自己自信一点！

那位少女并非演技纯熟，也没有很多经验，但我还是从中感到了她在十几年人生中积累的、自己对人类的独特洞察。她本人可能尚未察觉这点，但我还是忍不住想，她一定到过某种深渊之境吧。这或许是痛苦经历的产物。我并不知道何谓幸福人生，但我们这个世界的特质，就在于从中贪婪吸收满足自身的给养。

选角面试结束，参演人员已经决定下来，我正忙着写稿，却收到了被选为配角的另一位少女的来信。她属于那种充满知性，性格开朗，意气昂扬的女孩。我们都认为，这孩子能让满是女高中生的演员部团结起来。换言之，这也是决定人选的一种考量。

少女在信上先就自己获选一事表示了感谢，并认真表达了对这部作品的热情，但真正目的还是想当主角。她说，最近已经比较能够控制自己的情绪，只是每当面试落选，都会不由自主地陷入全盘否定自己的低潮中。嗯，果然如此，我心中产生了莫名的认同感。由于我正是那个掌握残酷取舍大权的人，无论说什么，想必都无法给她安慰。然而对我来说，十几年前无论面试多少公司都毫无着落，成天茫然失措的感觉，到后来也成了描绘笔下人物感情的重要底蕴。落选其实意味着除此之外的道路全都敞开了。我心里默默祈祷着，那些被我舍弃的少女，无论此后是否继续演员事业，都能获得辉煌成就，让我不由得含泪悔恨当初为何瞎了眼将她刷掉。

《J-Novel》2010 年 10 月号

X= 无障碍

我从暑气尚未褪尽的初秋开始创作新电影脚本，几乎两个月没有外出，因此错过了许多电影。由于电影院数量减少，电影上映数量又多，最近上线下映的节奏非常快。等我好不容易写完第一稿走出门外时，在线的电影和季节的气息早已换了个模样。

前不久我终于看了李相日导演的《恶人》，片头东宝标志淡去，正片总算要开始时，我却吃了一惊。这场放映不可能错放成欧美作品，但昏暗的画面上却出现了一行字：

（汽车引擎声）

白色日语字幕出现的同时，画面的道路上果真响起了汽车引擎声……这种奇怪的演绎宛如戈达尔的风格。字幕究竟有什么意义？我带着不知所措的惊讶，强压紧张心情看了下去，发现只要登场人物说话，画面上就会出现台词，只要片中有动静，就会出现（风声）（敲门声）这种字幕。此时我总算回过神来，意识到自己走进了放映听觉障碍者专用日语字幕版的影院。其实仔细想想，我自己近几年也在制作特殊放映和 DVD 无障碍使用的日语字幕。不过我还是头一次在完全没有看过的日本电影里看到日语字幕。

老实说，直到几年前，我还一直认为重度视觉障碍者和听觉障碍者无法观赏电影，因此那种娱乐方式不适合此类人群。站在电影制作方的立场上，若我自身出于某种原因失去了听觉或视觉，恐怕也不得不放弃这项事业。有几个人能像贝多芬那样，仅凭往日的听觉记忆来不断书写新曲呢？所以，当我第一次接到邀请，听到“要不要做字幕和音声向导”时，震惊得眼珠子都要瞪出来了。原来还有那种方法啊。后来在协助内容监修的过程中，我相当于逐帧重新检验了自己的电影究竟给观众看了什么，让观众听了什么。在监修《亲爱的医生》视觉障碍者音声向导的原稿时，制作方着重提醒我：“最好能与视觉无障碍者同步，在同样的时间点获得同样的信息量。”每次内容过于深入、过于抽象时，我就会接到这种要求。

举个例子——规培医生相马完成一天繁重的工作，倒在住处床上昏睡，突然前辈医师跑来通知他有急诊患者，在外面使劲敲他的窗户，把相马吓得从床上跳起来。

我按照脚本上的设定写道：“深夜，相马的房间。相马全身只穿了一条内裤，倒在床上昏睡。”制作方却回复说：“如何知道是‘深夜’？写成‘漆黑的房间’即可。”另外还说：“这条解说的画面上看不见内裤，‘只穿了一条内裤’要去掉。”

被他这么一说，还真有点道理。画面上只能看见时钟数字，电视机上并没有播放深夜节目，只有一个睡得人事不省的男人躺在关了灯的房间里。仅凭这点信息，普通观众应该能领悟到此时并非晚上的七八点钟。既然如此，对于视觉障碍者来说，只要提示“漆黑的房间”和“倒在床上昏睡的相马”就足够了。“深夜”这种补充性词语，感觉如同不公平的放水操作。另外，那位规培医生确实只穿着一条内裤睡觉，但他的下半身直到他听见有人敲窗惊跳起来时才能看见。制作方的意思是，没必要先行提供无障碍者尚未获取的信息。原来如此！

不过制作方还有另一个要求：像“看似戏谑，目光却异常深沉”这种抽象描写，需要改成“看似戏谑，却马上收敛了笑容”这样的直接表现，整体最好使用“苦着脸”“一脸为难”“皱着眉”“哭丧着脸”“很高兴”等直白的感情描写，反之，“若有所思”“无言以对”“表情复杂”这些暧昧的描写则不受欢迎，会被要求说明表情特征和具体表现。

我因此万分烦恼，因为“一脸为难”的人心里不一定只有为难。比如一个家庭主妇某天突然得到了来送货的调料店老板表白——她一时不知所措，沉浸在背叛丈夫的罪恶感中，脸上露出了十分为难的表情。但实际上，主妇内心可能十分受用，还产生了莫名的优越感和希望能继续撩拨调料店老板的心绪，那样一来，自己也能重唤女人的光芒，今后说不定还能在酱油料酒这方面得到不少优惠。可为了实现自己的盘算，就不能让调料店老板看出她的真实想法，必须贯彻店老板心中那个贞洁单纯的人妻形象。这个角色的内心活动如此复杂，却只能用“一脸为难”来描述她的表情，那样无疑会切断许多潜藏在水面之下、暧昧模糊的东西。对此，我感到无比恐惧。

我知道这么说可能引起误解，但还是要表达出来：将电影里“让观众听到的声音”转变为“文字”以便观看，将“让观众看到的风景”转变为“话语”以便倾听，这种作品表现方式与我本来想实现的表达相比，总是欠缺了什么。若“只需明白情节就好”“差不多就行”，那一切都要变成差不多就行。凭那种感觉，连一个镜头都不可能拍出来。是否真的可以提供如此不完整的东西，这是我面对的最大困境。不过，我所说的“不完整”根源并不在于观众“无法听到”我希望表达的声音，而在于要把我希望表达的声音转换为“话语=符号”。我很害怕文字的力量。像音声向导和字幕这般，越是简短的文字，就越要有精炼的表述能力，越要发挥正好契合框架的、类似灵感的力量。为此，我反倒会因“文字”的威压而溃退。因为电影里“难以言喻”的东西，正是我们拼死追求的精髓所在。

结果，我在音声向导的制作过程中，切身感受到了许多“难以言喻”的失落，只能以不了解感知落差为由，将大部分内容的判断交给制作方，自己只负责认可。至今我也不知道自己是否做出了完美判断。

说了这么多，且让我把话题转回《恶人》的观赏体验。

如上文所述，我观看的影片添加了辅助听觉障碍者观赏的“声音要素”日语字幕，在一个可谓高潮的场景中，画面映出主人公颤抖的背影，同时传来不成话语的呜咽。此时画面下方出现了几个文字：

（哦……哈……）

看到如此写实的字幕，我不禁感到心情十分复杂。

那个瞬间的发声，若转换成文字确实可以表述为“哦……哈……”只是这种表述过于苍白，仿佛演员的努力、导演的讲究全都打了水漂，让人一阵脱力。哪怕剧本上只有“叹气”二字，导演也要绞尽脑汁思索，如何将它转化为打动人心的声音。要用什么音调、多大音量、如何发声，才能正确表现出角色的真实心境。这些都要由导演和演员共同努力，历经“完全不对”“刚才那个还可以”“忘掉前面的再来一次”这样的试错，才算完成了工作。无论观众性质如何，若只需用单纯描述声音的“哦……哈……”来表达便已足够，那所有作品都不需要导演了。

人们过于害怕信息缺失，面对“难以理解”的东西，总会盲目使用一股脑给出全部信息的方法。如此操作下去，无疑会让受众的感受能力和想象力退化，失去用屏幕上表现的东西进行推断的能力。《恶人》这部电影由始至终都未曾陷入解说过剩的困境，每个镜头都十分审慎，用音声、画面与毫不累赘的台词，在观众心中成功塑造了登场人物的背景和性格。其实仔细观察，会发现背景中各种日用品摆放，甚至服装上起的毛球都凝聚了电影制作方的心血，成了描绘人物形象的有效操作。再侧耳倾听，各种声音的音量和音质变化都迎合了故事的内容发展。既然我们做了这种决定，对听觉障碍者和视觉障碍者敞开此前一直紧闭的电影观赏大门，至少也要完整表达出如同微妙“气味”一般的东西。若是登场人物呜咽的镜头，就算不用字幕来表述哭声，也可以让观众专注于演员极力演绎的场景，全副精神集中在身体细小的颤动上。这样一来，反倒能让观众得到最深刻的观赏体验，在心中留下属于他自身的好镜头。我认为，电影并非倾尽言语的散文，而是字里行间让人浮想联翩的诗句。观赏电影时最重要的并非视觉听力，而是敏锐的注意力和丰富的想象力。越是滋味浓郁的电影杰作，就越能促进观众的想象和注意力，让他们不断发掘出作品的亮点。制作方肩负着一种责任，那就是最大限度地刺激观众感知，引导一个作品绽放出独特魅力。若无法做到这种演绎，就不应该把作品放到观众面前。若眼前被摆上一件“不足之物”，任谁都会感到不满。

写了这么多批判之辞，可能对制作《恶人》字幕的人十分失敬，但身为一个思考新时代电影表现方式的人，我也获得了很大启发。若有读者买了最近新出的日本电影 DVD，敬请找个日子体验一下影片对应的无障碍版。如此一来，定会获得许多新鲜发现，了解到自己的眼睛究竟在看什么，耳朵究竟在听什么。

《J-Novel》2011 年 1 月号

X= 信仰

你心中有信仰吗？绝对、盲目、毫不怀疑的信仰。你的信仰是什么？家人的爱？恋人的微笑？朋友的羁绊？同事与下属的协作？公司和组织的存续？自身能力？金钱？神明？你真的相信它吗？若是真的，那你为何有这种信仰？

没有为何，只因为可以相信。只要相信，就能获得救赎，就能感到幸福。周围的人都有信仰，成长中伴随着信仰。只要相信，就一定没有错。

我也有一样长期信仰的东西。我一直将它当成心的归宿，紧紧抱在怀中，顶礼膜拜。世上充满扭曲怪异的事物，唯独它与众不同。那些出言轻视甚至蔑视的人，都会让我感到烦躁。你懂什么，白痴。信仰就像坠入爱河。我的信仰是“胶片”，电影应该用胶片制作。

我们这行收入并不稳定，总是被父母说“你怎么干了这么个不三不四的工作”。事实上，我也很怀疑自己的劳动能否对世界做出贡献。我心中一直甩不掉因为社恐而产生的自卑感，每当初次见面的人询问职业，都仿佛被质问前科，只得努力用蚊子似的声音扭捏作答：“那个……搞搞电影……做点那种工作，拍摄什么的……”然而一旦飞到国外，在入境审查被询问职业时，我却能毫不犹豫地回答：“电影人（Filmmaker）。”说出这个答案，会让我暗自狂喜——“Film（胶片）”，啊，多么美好的回响。我是电影人，这是一种何等的幸福。

各位读者或许很难理解这种感觉，而这就是信仰的特征。那么，这种盲目的妄信究竟来自何处?

我并非裹着胶片吸食母乳长大。相机胶片姑且见过，但直到二十多岁才见识到电影用的胶片。尽管我一直喜欢电影，可当时的我应该会把“电影”一词英译为“Movie”。会动的故事，那就是电影。

后来，我终于迎来确定信仰的时刻。在那一刻，我完成了从“Movie”到“Film”的价值观转换。

我头一次踏足电影拍摄现场，一眼便看到了镇守中央被钢铁覆盖的巨大黑色物体。它散发着让人难以移开目光的强烈存在感，俨然身披黑袍的达斯·维达[1]。那座被称为“Kyamera[2]”的机械仿佛供奉在拍摄现场的神体，若没有它，无论多么知名的导演倾情指挥，多么闪耀的巨星热情演绎，都拍不出哪怕一秒钟的电影。一盘一千尺35mm胶片能连续拍摄十一分钟左右，摄影机装好胶片，大约有三十公斤重，应该跟初生牛犊差不多。摄影机旁通常围着一群头顶“摄影部”头衔，神色庄重、技术纯熟的锦衣卫，就连统领电影制作的制片人和导演，也不能轻易触碰那尊神体。当这些年轻的锦衣卫着手搬动摄影机时，哪怕走在陡峭山路上，喷吐着仿佛混合血腥的粗重喘息，他们也绝不会把那个重担托付给任何人。反过来，只要他们背负着摄影机，那么就算前面聚着一群资方高层正在聊天，也能毫不客气地从中间穿过。只

1 《星球大战》系列人物，曾是绝地武士，后成为西斯黑暗尊主，旧名安纳金·天行者。

2 “Camera”在日语中可发音为“Kamera”，也可以发音为“Kyamera”。前者较常用，一般指普通家用摄像机、摄影机；后者属于比较特殊专业的说法。

要一句“摄影机通过”，人群就会如同摩西面前的红海一般，分出一条旱道。

这种氛围究竟怎么回事？

日本电影拍摄基本上都是从器材公司租用设备，一部标准电影拍摄需要用到 35mm 摄影机本体、镜头、胶片盒、三脚架。我曾经漫不经心地向摄影导演问了一句，这一套设备买下来要多少钱，却听到了惊人的答案！！

“五千万日元（锵锵）！！”……这在东京都内足够买一套高档公寓了。

我不知道那些电影制作经费如流水的国家情况如何，但我知道，自上世纪七十年代以后，趋于降温的日本电影界绝不敢弄坏这种天价器材，甚至碰也碰不得，淋也淋不得，你把命豁出去也要死守摄影机。不难想象这种出于贫穷的严苛蔓延开来，最后上升为近乎戒严的异常氛围。加之如上文所述，整盘胶片顶多只能拍摄十一分钟左右，这就使得人们必须精准无误地捕捉到需要拍摄的内容。胶片摄影跟你们那些拖拖拉拉拍好几十分钟，成本低廉还不用显像的数字摄影不一样，紧张感天差地别，都给我认真点，认真！！这种日本人的精致主义着实充满了不容置疑的威压感。

据我所知，导演一般会用“准备，开拍”的口号指挥拍摄，而摄影部成员则会瞅准“准备”和“开拍”的空隙开始转胶带。因为若在“准备”之前开机，就会白白浪费好几秒钟。真是节俭朴素的思想。此外，胶片转动的咔嗒声与现场的静谧形成鲜明对比，让一切事物都带上了紧张感。

频频被 NG 的演员不仅会有“无法满足导演要求”的失意，还会产生“自己在浪费胶片”的罪恶感。制片人则躲在现场一角怒视导演和演员，口中默念“这帮混蛋到底要花掉多少卷胶片”。与数字摄影的记忆卡更换相比，胶片更换要花上好几倍时间。每次都要检查曝光口是否混入杂物，机体运作是否正常。无论时间多么紧迫，脸上和四肢沾染多少油污，摄影部的年轻人都会严肃认真地进行检查，绝不让一根纤维、一粒灰尘接触到宝贵的“Kyamera”。每次看着他们那强忍疲劳和一切感情、有如钢铁般坚韧的侧颜，我都会这样想：啊，我这个无谋之人，究竟还要浪费多少盒胶带?

尽管对这样的现场不知所措，我还是完全理解了胶片的本质。“Kyamera”这尊神体、胶片转动的声音，都散发着凛然美丽的姿态和威严，绝不向一般用户献媚。同样是会动的故事，数字镜头下的电视剧与胶片镜头下的电影截然不同。这个世界有着独特的阴影和内涵，有着精致的光影和渗透人心的柔软。人眼看到的世界与胶片中的世界完全不一样。在我们眼中还很明亮的黄昏，能够清楚分辨他人相貌的街灯夜路，放到胶片镜头前，就会让它变成娇生惯养的千金小姐，别扭地闹起脾气来。它会噘起嘴愤愤地说："我才不要待在这里，我要回家。"不顾我们百般请求，由亲卫队扛着头也不回地离开。所以每次拍摄"夜晚"，我们都要用灯光将周围照得如同白昼，让我不禁担心会不会拍成白天的感觉。然而我第一次在放映室看到显像后的胶片世界，却发现那里有着清淡、温润、深邃的夜景。当时我感觉自己仿佛受到了嘲笑："你这个人，想法还是太浅薄了。"

哈，就算被嘲笑一辈子也无所谓，我要用尽一生膜拜胶片，那就是我的幸福。我才不要用数字摄影，不管数字摄影技术多么发达，多么方便，也绝对胜不过胶片世界的美丽纤细。大家都是这么说的……我也曾经如此确信。

然而，数字摄影质量似乎已经上升到一定程度，足以将那种看法排挤到被人议论"那只是唯心偏见"的角落。与外国相比，号称数字摄影比例较低的日本电影界，有许多人在胶片的物理特长之上，更深爱“胶片摄影现场”烘托的那种只能用精神去感受的仪式之美，并对其执着不已。谁都不愿讲道理逻辑，非此不可。不用胶片不行，我们就是为了胶片而生。

老实说，我这几年有过不少错误体验。曾把正经用胶片拍摄的作品误认为数字摄影，将其斥为“死板无趣的数字画面”；也曾意外发现让我感慨“这种滋味真让人感动！”的作品竟是数字摄影。以前只需看第一个镜头，就能瞬间分辨出拍摄器材，还略带优越感地告诉自己尽量忽视其缺陷，关注故事内容。但是最近，当我一脸内行人的表情询问：“画质很有内涵，味道十足啊！胶片用的富士还是柯达？”对方却往往会说：“啊？这是数字摄影哦。”让我惊讶地掩住嘴巴。换言之，我已经不具备分辨数字与胶片摄影的眼力。虽然很不甘心，但这恐怕不是我的错，而是数字器材公司的员工们努力的成果。至今还执着于连自己都无法分辨的东西，让我突然感到自己成了脑筋顽固的老糊涂。

当信仰之物渐渐崩塌时，胸中会涌出难以抑制的悲凉、无助和高亢情绪。胶片真的要死了吗？它能否生存下去？胶片是否存在超越“唯心偏见”的特长？抑或“心”才是胶片带给电影的最大价值？经历了虔诚的信仰，我希望能够彻底发出质疑。因为我认为，只有质疑和挑战的态度，才是面对向来仰视之物最真挚的态度。若胶片真的会迎来死亡，那我便要目送它远去，并参与它的埋葬。

当我一个人带着激情奋笔直书时，2008年凭借杰作《绿头苍蝇》高调出道，显得特立独行的韩国导演梁益准却这样说：

“因为剧组没钱，我们借了每天租金三千日元的数字摄影机来拍摄作品，不过在日本上映前换成了胶片。韩国国内已经普及数字摄影，因此影院上线时未做任何加工改动。其实我更喜欢这样，因为数字摄影有种缺乏内涵、没有价值、非常浅薄的感觉——而那种令人不快的感觉，正符合这部作品本身的世界观。”

这话让我感觉自己输了一局。原来认识事物的真正价值，竟如此简单。

《J-Novel》2011年4月号

X= 重生

2 月末，我回到老家广岛继续执笔。那天午后，我与东京某公司的女士约好电话联系。起因是经济产业省月末要主办一场活动，还请来了英国女电影导演，特意邀请我去对谈，那位女士请我务必在下午三点前给出答复。她那天上午打电话对我说，一旦过了三点，就赶不上印厂制作，无法将我的名字印在活动传单上了。然而我还是在广岛城市小巷里闲逛，一直拖到了最后一刻。因为他们请来的导演履历上写着“以第一名的成绩从剑桥毕业”，让我感到有些自卑，因此犹豫不决。

直到下午两点五十分，我总算下定决心拨了电话。那位女士的手机传来一阵“嘟——嘟——”声，仿佛上个时代的电话“忙音”。如今大家都用最新型的手机彼此联系，已经很少能听到那个提示音。虽然不同机型与通信公司会存在差异，可基本上就算对方正在通话中，也可以听到来电提示转到另一台电话上，或是直接转为电话留言服务。我觉得这个情况真少见，过了三分钟再打一遍，情况依旧如此。于是我又按了另外一个东京熟人的电话，想找他商量别的事情，怎知又听到了同样的“忙音”。

我不禁想，出什么事了？

我深吸一口气，尝试拨打东京住处的座机，此时家中应该没人，两遍铃声过后，电话就应该转为留言模式。可是片刻沉寂过后，我又听到了冰冷的“嘟——嘟——”声。快到下午三点了。彼时正是日本遭遇前所未有的巨大地震，海啸汹涌袭来的时刻。我在这片土地上丝毫没有震感，不知道发生了什么，也不知道今后将会发生什么，只是独自沉浸在不安的心境中。三天后的周一，我受到邀请的那场经产省对谈正式取消，剑桥毕业的导演也取消了来日计划。

“这无疑是日本战后最大的悲剧。”要接受这个说法，需要极大勇气。我们这一代生长在没有战争、没有饥馑、没有革命、一切都已过去的和平年代，学生时期甚至有人沉浸在渴望灾难的颓废情绪中。干脆整个世界彻底崩坏，我们或许还能找到前进的方向。然而那样暧昧的青春时代已经过去，我们这些人渐渐组建了家庭，有了需要守护的家人和事业。既然自己曾经期待的剧变没有发生，不如就这样平稳过完一生。然而就在我们纷纷转向这种衰老的安定倾向时，却发生了这场无关意识形态、宛如战后日本排泄物决堤的悲剧。那么，现下的我们，是否找到了“前进的方向”？

从我的本行来看，莫说前进方向，整个 3 月但凡碰见同行，“一点都不想拍电影”竟成了彼此问候的话语。这个工作平时已是“虚业”，非常时期更是无从着落。在水和食物、能源、甚至安全的大气与土壤都无法确保的时期，谁顾得上电影？太无稽了。无论恋爱、杀人、体育精神抑或幽灵寓所，一切封闭于“虚构”之物都在迫于眼前的无情“事实”威压下变得空泛无力，让人感觉那充其量只是浅薄的余兴。而身处这种悲剧之中，享受“浅薄的余兴”变得无限接近“罪恶”。这种情绪迅速吞噬了社会整体，实际上也有不少拍摄被迫中止，许多电影界人士丢掉了整个夏天的工作，突然变得无所事事。

与此同时，又有许多娱乐界人士纷纷站出来，摸索起了用表演活动为灾区尽一番力的方法。这么说可能要被笑话，看到那许多通过插画、现场表演、慈善比赛来即兴发挥自身技能，给受灾地送去鼓舞的人，我心里十分焦虑。除却方便快捷的捐款和街头募捐之外，我在自身工作领域是否应该做些直接相关的事情？这种不知是使命感还是强迫观念的感情让我很是担心，若不留下“我那时做了什么事”的实际成绩，将来可能会后悔。我甚至有种奇怪的感觉，认为想不出办法的自己是个极端利己、拒不合作的自私人物。同时又感觉，因为那种情绪而盲目冲动的自己实在可怕。眼看着知名人士的捐款金额如同竞拍般节节上升，我心里又生出一种异样感：现在这种大家齐心协力、共同赈灾的口号，一个搞不好就会变成大家都在出力，你也必须出力的强迫氛围。我们这个民族，在这方面尤其易受影响。

这或许只能算是我这个懒笔寡作之人的借口，不过纵使焦虑，电影也是一种结合了资金调配与复杂工程的产物，很难变成即兴演绎。纵使想学歌手那样拿出已有作品支援灾区，在不通电的场地上也无从放映。我看着那些投身救援工作的消防队、医疗队，以及以志愿者身份进入灾区的理发师和正骨师，深深感慨下次投胎定要选择一份危急时刻无须晾在一旁忙于自责的工作。震灾发生十余天后，一位演员给我发来电邮，其中写道："地球在痛苦中发出了最后咆哮，而我们仿佛成了毫无必要的存在。"我深有同感。

震灾发生后，面对被海啸侵袭的家园，我总算意识到往常从未注意过的电力消费的背后，究竟有着什么样的构架。此时摆在我面前的，是莫大的无能之感。我很明白，像我们这样没有直接受灾的人，至少要保证那种无能感最终不会导致干劲的消失，我们深知那种自我控制是最低限度的义务。尽管如此，真正实践起来还是很难。

震灾发生两个月后，有一群电影界人士决定把发电机、DVD 投影仪、屏幕等设施运送到灾民避难所，搞一场简易电影播放会，还向我发出了邀请。由于灾区情况时刻在变化，不到实地考察，很难搞清楚那里能否举办放映会，但组织者还是决定组队前往，若情况允许，则搞放映会；若情况不允许，则尽量帮助赈灾，然后回来。我之所以决定参加，其实并非纯粹出于对灾民的关心。那可能也是为了填补心中的无能感，同时满足亲自审视受灾土地的冲动，因此举起了赈灾的大义之旗。等我真正到场一看，发现谁也没有表现出特别激昂的正义感，反倒全都认为自己可能派不上很大用场，总之像平常一样搞好幕后工作即可。那种真正电影人的内敛，总算让我松了口气。

许多到过灾区现场的人都会说：“那是与电视上全然不同的世界。”但我亲眼见过海啸对灾区造成的毁灭性打击后，倒是得到了电视与照片同样的印象。不过我又想，假设3·11前的自己毫无征兆地看到这种光景，心中会做何感想？我恐怕会联想到“导弹轰炸”“巨大龙卷风”，丝毫不会想到灾害的主体竟是“（地震引发的）海啸”吧。当时我眼前的光景就是如此陌生而魔幻。平地上堆满泥土瓦砾，稍抬头却能望见小山丘上唐突的春意萌芽。蜿蜒树木间的淡紫色藤花近处，竟垂着浪涛冲来的白色男款内裤。

建筑物的巨大钢骨在冲击下弯折，下水道井盖裂成两半，海啸的强大破坏力使得眼前的城镇满目疮痍，而留在我眼底的，却是狂涛界限之外数十米处毫发无伤的民房，屋前水田井然有序，惹人怜爱的新苗整齐排列。那座民房恐怕也化作了陆上孤岛。即便屋宅无损，市政及商店等社区设施都已被连根拔起，使它成了残缺城镇中孤立无援的存在。尽管如此，人们还是会一如往常地耕作，栽培稻谷等待秋田收获。能够活在日常的人，都会继续把日子过得如同日常。而那种日常，或许就是度过艰难的关键。

我们来到静谧绿荫环绕的岩手县某临时住宅集会所举行放映会，然而团队负责人直到最后一刻都在烦恼该放映什么作品。参加活动的人，有制作过不良少年传说之作、黑道电影和杀人逃亡故事的超无序派、超武斗派制片人和导演，可谓个个都是硬汉人物，不过他们都放下了自己向来的信条，将这次放映会当成特例，决定以“没有死人”“不以死亡为核心”“没有让人联想到海啸的场景”为条件筛选作品，然而获得了放映许可的日本电影 DVD 软件中唯一满足这些条件的，只有吉永小百合女士担任女主角的《寅次郎的故事》[1]。同属松竹旗下的人气系列《钓鱼迷日记》由于存在很多落水镜头，被众人否决了。参加活动的所有导演作品全部被排除在外，而我这个专门描绘家庭崩坏和人际关系矛盾的人，自然也不能幸免。我们这些人曾经无数次对电影伦理委员会所谓的“基准”发起挑战，如今却老老实实地搀扶着长者走进

1　吉永小百合出演过两部《寅次郎的故事》，分别是第九作《柴又慕情》和第十三作《寅次郎恋爱吧》。

会场，还一迭连声地说：“毕竟是第一次，感觉可能会有点怪。”由于是工作日白天搞的放映会，最后来到现场的将近四十位观众中，有九成都是高龄人士。在硕大的富士山松竹标志与阿寅熟悉的旋律出现的瞬间，那种极尽安心的感觉让所有人都松了口气。电影放映时，我们在集会所入口呆站了快两个小时，外面是初夏灿烂的阳光，还能听到撩人睡意的鸟儿鸣唱。我沉浸在平和的气氛中，几乎忘了这里是何处，我们又为何来到这里。而背后的会场中，渥美清的长台词间隙，时不时还能听到众人扬起的笑声。

当我们来到宫城县某大型避难所，提出为灾民搞放映会时，现场负责人说了一番让我感到十分意外的话。

“因为这里是大型避难所，许多歌手及其他人士都会到这里来慰问灾民，我们当然很感激，但老实说，这里的人其实已经受够了这种活动。我们其实只想坐下来休息，而且每个人连在心里暗自流泪的工夫都没有，只不过怎么说呢，应该是出于东北人的性格吧……人家难得远道而来，还为我们表演节目，要是不去捧场未免太失礼了，所以大家都会鼓起劲头聚集过来。”

对提供娱乐的人来说，想必再也没有如此具有冲击力的训诫了。我缩在一旁听着那番话，真正诠释了“汗颜”二字。面对远道而来的善意，必然无法说出“强买强卖”这种话，然而无论是表演之人，还是观演之人，最终得到的结果都让人怅然。

这又让我不禁思索，电影终究只是电影，它无法挽救危机，也无法让生活回到正轨。然而，即便不能让一切困难化为乌有，但总有一天，人们受伤的心会平复，再次拥有从“现实”这一巨大叙事中抽离，接受别样世界的力量，沉浸于艳俗的情爱与打斗，为各色妖魔鬼怪所惊吓，换来一连串毫无意义的胸中悸动。又能融入阴沉肃穆的故事中，希望能与人分享自身的孤寂。如今活在世上的人，都拥有迎来那种日子的可能性。所以我们会在俗世一角亮起一盏小灯，随时准备迎接那一刻的到来，迎接所有愿意踏足的人。人们在日常中与从不间断的现实对抗，而我们则创造了提供片刻喘息的暗幕，让他们得以从各自的生活中暂时抽离，安享休憩。

《J-Novel》2011 年 8 月号

X= 探班

从夏天到秋天，我申请了一段暂停连载时间，借此完成一部电影摄制。让各位读者久等了。

本次作品讲述了跨度超过一年的故事，为保证进度，8月到10月之间必须完成所有场景拍摄。盛夏时节拍摄冬季场景——我们只得尽量寻找没有绿色植被的地点取景。尽管如此，录音部的小青年还是得挥舞长长的录音挑杆驱赶汹涌蝉鸣，演员则顶着冰袋让鼻头与指尖微红，假装哈气暖手。东京街头穿梭着践行凉爽办公的短袖白领人士，我们却请众多群演裹着大衣围巾，覆盖了镜头所及的每个角落。

持续五十日的摄制基本是昼夜不息，我本应感到身心俱疲，但奇怪的是，如今那段时间的记忆已经化作云雾彼方的模糊暗影，令我俨然垂垂老矣的退役军人，呆然凝视着晚秋阳光，陷入茫然。

仔细回想，这次电影摄制也让我结识了许多人。刑警、医生、护士、私家侦探、花道老师、纹身师、料理研究家、医疗器具厂业务员、相亲聚会主办人、城镇工厂匠人、拉面店老板、鲜鱼市场老板——每一个镜头背后，都隐藏着各种各样的合作者。有为剧组成员和演员讲解专业知识的人，有提供取景地的人，也有制作了画面一角那盆插花的人。

各种各样的人展现出了唯独在那个职业、那个立场上才可显出的面貌。有些人的职业与其面貌完全相称，有些人的选择则令人感到意外。

那次对吉原洗浴店员工A女士的采访，最让我感到意外。由于我是女性，从未踏足过被认为是男性专属的花街柳巷，也没有与职业性工作者交过朋友。换言之，我从未认真打量过这个人群的面貌。这些职业女性尽管为数众多，却与处在平凡生活中的女性极少接触，很难发生交集。然而，这些对我们而言如同隔在高墙之外的女性，却能轻易与男性进行对话，展开性爱，偶尔还能心灵相通。长年以来，我都对此有种极为不可思议的感觉。仿佛自己身为女性，却始终不能认知自己的暗处和阴部，始终怀抱着某种焦躁的缺失感。我只能从男性口中听说它的存在、特征和体验，实际却不能亲眼看见，亲身尝试，不知从何时起，我甚至将她们当作了传说中的存在，俨然梦幻。而这种时候，正好能利用我们这类人的职权。只需声称要将自己感兴趣的东西“展现在电影中”，就拥有了与之接触的正当理由。

一位与我相熟、定居千住的制片人时常光顾一位美容师，而正是那位美容师向我介绍了 A 女士。由于工作地点特殊，美容师有许多在吉原工作的女客，介由她一番询问过后，A 女士用一句“如果你觉得我可以的话就行”爽快答应下来。

2010 年 3 月，我与 A 女士在吉原背后三轮小镇的一家小美容室碰头，她一见我进店，便站起来用略显沙哑却富有张力的声音郑重地打了招呼。彼时她身穿牛仔裤和长靴，上身套一件深色军装外套，刚做好的栗色中长发散发出美丽光泽。这就是我心中的那种迷之生物吗？她乍一看与休息日的白领女性并无二致，甚至与我等同行也没什么区别，只让人感觉真是位可爱的女性。她甚至可以是美容师、护士、主妇等任何角色，丝毫没有边缘人士的颓废与气场。

你第一次来吉原吗？ A 女士问我。

是的。我回答。而与我同行的制片人 K 先生则说：“我正好住在附近，曾经来逛过一圈。”于是 A 女士露出牙齿不整齐的灿烂笑容，用手肘顶了一下 K 先生。你又胡说了。

A 女士又说，我带你们出去走走吧。于是我们便跟着 A 女士离开店铺，漫步在三轮的街道上。据说，她就住在工作场所隔壁的单身公寓里。A 女士出身农村，三年前来到吉原，整整三年，她对吉原以外的东京一无所知。没等我问为什么，她就主动说：“我是从丈夫身边逃出来的。”

那到底是——面对我们急切的提问，A 女士并无防备之色，而是边走边聊起了自己的身世。说话间，她还对周围有种近乎动物的敏锐感知。看见站在行人中并不挪动的青年男子，她会厌烦地说：“那是店里的拉客小哥。”看见身边驶过的小货车，她又会朝那里瞥一眼说：“那是对面那家店的迎客车。”

吉原大门这个地方如今也只能从名称上遐想昔日的繁华，我们不知不觉便踏入其“内”。彼时刚过五点，路上还鲜有行人，偶尔可见两人一组的制服警官缓缓巡视而过。A

女士若无其事地与他们擦肩而过，一派资深导游的架势对我们展开解说：“那是女性诊所，我每月都在那里检查一次身体。那家店有吉原最高龄的小姐，已经六十多岁了。客人的喜好也是多种多样啊。”所有店铺门面都十分低调，看不见任何猥琐装饰和照片，路口闲站的盛装男招待看到我们这组两女一男的搭配，不知如何搭话，只得在一旁神情微妙地上下打量。

我问：“能找个喝茶聊天的地方吗？”A 女士回答：“我没进过那种店。这附近的咖啡厅茶馆基本都是兜客的地方。”她歪头想了片刻，转身朝一条横街走去。离开大路后，前方出现了一家怀旧风情的咖啡厅，A 女士又说：“嗯，那里应该没问题。”我是不知道吉原“内”的咖啡厅与其他地方有何不同，莫非这里竖立着外行看不见，唯有内行才能感知的结界？

在那个尚未彻底褪去冬寒的 3 月黄昏，她点了一杯冰咖啡，叼着吸管猛吸一口，使冰块彼此碰撞起来。

A 女士说，她结过两次婚，最后来到了这里。第一次是跟高中就在一起的恋人结婚。当时她跟普通人一样在公司上班，还生了一个孩子，只是二十出头便不得不照顾夫家那边的病人，为了逃避现实，她就跟同事出轨了，最后因此离婚。女儿原本由她抚养，但是没过多久，她的情人就开始对孩子施展暴力，最终孩子也被前夫接走了。第二任丈夫在两人结婚前就欠了一屁股债，等她稀里糊涂答应了求婚后，对方立刻霸占了她娘家，一转眼便将房子抵押出去。A 女士本想当公关赚取生活费，只是收入全都被丈夫握在手中，还将大额欠款转到了她名下。A 女士说到这里，反复呢喃是自己不好，是自己太天真了。

——可是，你怎么会把钱交给你丈夫呢？

他会喃喃自语："下周要是不把钱搞到，公司就撑不下去了，可是我要上哪儿去弄钱呢？"于是我就会说，我也加把劲工作吧，然后去邂逅网站上找男人卖春，搞到几十万日元交给他说："客人给了不少小费。"

——你丈夫就这么收下了？

他拿钱时会特别感动地说："真的吗？真的吗？真的可以吗？"不过钱一到手就毫无表示了。现在仔细想想，他说不定发现我在卖身了。

——A 女士，你做那种事心里不会有抵触吗？

毕竟我又不是第一次了。有段时间我离了婚，又离开了孩子和外遇对象，一个人跑到外地去，就用邂逅网站约过几次。因为当时太寂寞了，心里没有任何想法。其实说到底，我并不讨厌这样。

等她回过神来，身边有点钱的人都离她而去，使她不得不依靠那些贫穷又不是什么好东西的人。她被逼到了难以想象的绝境，越往前走路途就越艰难。当丈夫搞坏身体住院时，她顿时想，机会来了。此前她也逃跑过几次，只是无论躲藏在县内哪个角落，几天后就会被一个熟人抓着手腕拖回去，所以她想，这回只能去东京了。如此做出决意后，她便一口气逃离了那个地方。那年她二十九岁，到酒馆求职屡屡吃闭门羹，只能潜伏在赤羽的健康中心，靠邂逅网站赚点小钱。有一天，她到网上寻找包住的陪酒工作，一下就看到了吉原的求人信息。

稍微安顿下来，她就更新了驾照，没想到警察很快找上门来告诉她："有人报案找你。"随后她又听说，报案人是她丈夫，只是现在也联系不上了。报案信息中写着"欠下五百万债务出逃”，她忍不住笑了出来：那根本不是她的债务呀。

她现在不与任何人深交。父母在她还小的时候就已离婚，各自有自己的生活。她一旦联系住在老家的父亲，必然会让丈夫知道，于是现在只会每月给母亲打一通隐藏号码的电话，告诉她“自己还活着”。由于母亲性格死板，她并没有透露自己的工作内容。店里有个女孩子就住在她隔壁，她勉强对其透露了自己的身世，关系还算亲密。只不过想在吉原待下去的秘诀是不与任何人深交，只在水面上谨慎滑行。因为生活在这里的人都有不可告人的背景和内情，一旦深入就会产生感情，引发嫉妒和金钱纠纷，最后不得不另走他乡。

尽管如此，她还是认为现在这样很幸福。

这份工作与一夜情不同，是完全讲究技术的行当。一开始她当然没有泡泡浴的经验，就自己扮演客人，请店里的资深女技师亲身示范，然后又请店长帮她练习，最后就是依靠大量实践不断磨练技艺。只要认真观察每一位客人，全心全意地投身到工作中，就能让客人满意，也比那些强行灌酒，刻意搞暧昧的工作更符合自己的性格。现在她每月收入有二十万到三十万日元，也有客人提出要她当情人，只是她认为，这份工作四五十岁的人都在做，所以她也愿意做下去，因为她挺喜欢这一行，于是就拒绝了那些客人。她并没有特别讨厌、绝对不想接触的男性类型，任何人都可以。

她不再想受到任何束缚，也不再想踏入婚姻，只是三十五岁前还想再要一个孩子。因为她平时还是会想念三岁就与她分开的女儿，孩子现在已经到了念初中的年纪。她有时会想，女儿现在过得怎么样？不过她应该会像自己这样，一直开朗地生活着。或许。一定。

A 女士的话让我们在旁边听着，都感觉犹如乘坐过山车。她又对我们说了店里的规矩，各种性技巧和接客的诀窍，让我们彻底忘记了时间，不知不觉便从咖啡厅转移到马路对面的小居酒屋，灌下一扎又一扎啤酒。A 女士大口喝着酒，大口吃着菜，吸完的烟蒂堆成小山，露出被焦油熏黄的参差牙齿频频大笑。

大约一年半后，我写好了脚本，带着女性剧组成员再次去找 A 女士。我们在店铺打烊后借了一个包间，让导演助理穿着泳裤作为人台，再现了整个服务过程。我跟剧组的女布景师决心不能浪费如此宝贵的机会，双双手持相机，一瞬不瞬地盯着眼前场景。A 女士与女演员身穿泳衣，全身涂满乳液，轮番骑到导演助理身上，导演助理也是死死咬着牙关，拼命完成自己的人台任务。亲眼看到 A 女士的工作，我发现她对每个客人的观察、话术、手艺、时间分配判断等都十分细腻巧妙，可谓妙技连连，让我目不暇接，连脸红的工夫都没有。当然，那只是一场不包含真正性行为的演示，尽管如此，A 女士还是出了一身汗，把浴巾都浸湿了。这让我不禁感叹，这才是真正的用心“工作”啊。

久违的 A 女士似乎比上回更开朗了。我问她这些日子有什么变化，她比了个剪刀手对我说：我交男朋友啦，耶！不过我跟男朋友不会做这种事，哪怕脱掉一件衣服，我也会说讨厌，好害羞，完全任其摆布。其实都会这样，谁都控制不了。A 女士一边笑着，一边给彻底脱力的导演助理穿上了袜子。

或许结识了 A 女士，并不意味着我能借此窥见这类迷之生物的全貌。虽然这类人群的背景和个性千差万别，但从 A 女士身上我意识到，她们并不是迷之生物，而是普通人。

虽不知那些以电影导演为天职的人情况如何，总之，对我这种水平的人来说，电影拍摄就是一连串让人头痛的事件，若不在内心反复咀嚼当中乐趣，恐怕很容易失去继续前行的希望。这次借杂志的专栏篇幅，跟大家分享这份工作中真正让我感到美好的回忆和邂逅，也当是为自己进行精神康复。

《J-Novel》2012 年 1 月号

X= 动物

据说从今年起，美国设置了一项“金项圈”奖，用以评选当年电影中最为活跃的明星犬，相当于犬版奥斯卡。第一届获奖犬是来自无声电影《艺术家》的梗犬阿吉。它在主人身边完美模仿了各种动作，还会装死，其精湛演技让人甚是欢乐。美国娱乐产业在所有方面都竞争激烈，但是对我来说，即便写脚本时有了灵感，下笔之际也会有所踌躇的一种内容，便是跟动物有关的场景。

一只三花猫蜷在院子里睡觉。

A 一现身，三花猫就全身毛发直竖，发出凶狠的低吼。

A缓缓靠近，想安抚三花，没想到猫咪嘶叫一声，狠狠挠了A的手，转眼间便跳上围墙，窜到屋顶上不见了踪影。

——要怎么写是我的自由，可是一想到要将这些文字表现在画面上，我就感到笔头格外沉重。

如果是动物经纪公司推荐的明星猫，或许还能勉强演到“低吼”那段。可是，用一个镜头捕捉猫咪从安睡迅速转为愤怒的感情激变，是否存在可能性呢？想到这里，我不禁觉得让猫咪挠手，随后跳上围墙消失的场景绝对不可能拍出来。拍完整个场景说不定要耗费半天、一天甚至两天，搞不好要重拍几十上百次，如此漫长且不可预测的时间段内，饰演A的演员应该随时在场吗？有几个镜头能用替身演员糊弄过去？话说回来，这个场景真的有必要拍出来吗？呵，还是算了吧——

动物总是不尽如人意。

我当导演助理时，曾经为了拍摄主人公的宠物猫死去的镜头，专门请动物专家给用以拍摄的小猫注射麻醉剂。

现在那种做法好像已经被禁止了。若需要拍摄一动不动的猫，完全可以用特别制作的道具来代替，只是当时的制片人权衡经费过后，毫不犹豫地选择了给真猫打麻醉剂。为此，我给动物专家打了好几次电话，不厌其烦地逼问“绝对会睡过去吧？”“打完麻醉剂几分钟能睡过去？”“它会一动不动吗？”“要是没有睡过去呢？”负责这个项目的大叔最后烦不胜烦，恼怒地回了一句：“跟你说了没问题。”

真正到拍摄的时候，那只小猫果然没睡。

一只才出生几个月的小猫，半夜被一群人围着，放在亮晃晃的照明中，彻底进入了兴奋状态。大叔慌忙再注射了一针麻醉剂。我记得那天是1月或2月的寒冷冬夜，剧组成员和演员全都一脸疲惫地或是坐在地上，或是靠着器材，一言不发地等小猫睡过去。然而过了很久，小猫还在低声嘤咛，缩在助手小姐姐的怀抱里。于是我们决定猫尸体的镜头过后再拍，先拍其他内容。

“这跟说好的不一样啊，你说事先做过测试，是真的吗？”

我在通道一角找到那位大叔质问。

“测试时确实睡过去了，不过情况不一样啊……当时环境也没这么紧张。”

“你明明知道片场环境就这样啊，之前还说做过这种工作。”

“当然做过啦。不过这次是只小猫，又全都是躺着不动的镜头……”

“那算什么经验！这样不行啊，你赶紧想想办法吧。能不能再打一针麻醉剂？”

我终于把大叔逼到了死角。只见大叔面色一僵，摇起了头。

“再打会引起休克，它还是个幼崽，致死量非常低……再打就死了。”

说完，他便咬紧没有血色的唇，再也不说话了。

我来到远离片场的昏暗路边，坐在货车副驾驶席上，静静地抱着小猫，一边轻抚它娇小的身体，一边祈祷它尽快睡过去。耳机中传来剧组成员混合着杂音的对讲机交谈，让我感觉自己被排除在了战斗力阵营之外。然而小猫如此惹人怜爱，让人恨不得紧紧抱在怀里，要是能一直轻抚这只幼崽，我感觉别的一切都无所谓了。回到那个战场究竟有什么意义？片场炫目的青白色照明显得无比遥远。我究竟是为了什么如此投入，仿佛赌上了一切？什么电影，太好笑了，不过是虚假的影像而已。为了这个不知何人会看的电影的一个镜头，我竟要疯狂得险些害死一个无辜生灵——然而我在听到那句“再打就死了”的瞬间，确实冒出了“我才不管”的想法，只是没有说出口。怀里的小猫一直在细细呜咽，仿佛在拼命与睡魔作斗争，一心认定此时睡过去就会被杀死。

最后，小猫好不容易陷入了浅眠，我们总算在它筋疲力尽、昏昏欲睡、身体静止的短短几秒间将其收入了镜头。整个过程中，我甚至不敢直视上司和导演的面孔。

从那以后，我就对动物摄影唯恐避之不及，直到几年前我给自己的电影设定了老人养的狗对年轻人凶狠吠叫的场景，才久违地与动物专家合作了一回。因为我将那条狗设定为偏远农村的看家犬，不能动用血统高贵的犬种，最好是杂种犬，再有一身蓬乱的毛，让人分不清是狗是狼还是绵羊。然而对方回复道：你要带血统证明的狗，我们各个品种都有，唯独没有你要的那种怪狗。可恨的动物专家。我一早知道会这样，所以也不抱太大希望，只要能找到叫声响亮的狗就好了。于是我在要求栏里填了“很爱叫”的杂种犬，没想到却召唤出一条身材瘦弱得可怜，全身白花花的短毛犬。把它放到人类重重包围下的镜头中，它立刻垂下尾巴瑟瑟发抖。与它同来的女训犬师指头一挥，它就对着那个方向拼命叫唤，但是只发出了“嘶嘶”喘气声。那声音听起来仿佛在哭着道歉，而我们只能让胶片徒然浪费。那条狗后来被迫表演了好久，让我以为它的嗓子都快叫出血了。而逼迫它叫唤的人正是我。

动物总是不尽如人意。

若是动物专家那里没有的生物，基本上都由导演助理负责采购。

我上一部作品《亲爱的医生》以满眼都是大棚的农村为舞台，很多看过那部电影的人都感慨：电影里满是大自然光景，真是太美了；青蛙潜入水田里的镜头真妙；那种光景在东京绝对无法见到。但实际上，那些青蛙是基于我脚本上的一句旁注而出现的：

青蛙从水面探出头来，又一头潜入水底。

为此，导演助理专门从东京爬虫类宠物店买来真正的青蛙，一路带到茨城县北部的拍摄地点。而且青蛙虽然长在东京都的水箱里，却有着十足野性，平时只吃活虫子。于是连续几天电影拍摄到深夜，我走进导演助理的共用房间商谈拍摄事务时，都看到那位四十好几只穿一条内裤的导演助理蹲在房间一角，顾不上自己那副狼狈的样子，忙着把手伸进养青蛙的箱子和养“饲料”的箱子里照顾那些动物。那个光景让我真是感到了“一行字”的分量。

我的新作品中还出现了飞鼠，同样由导演助理去外面采购回来。尽管电影拍摄只需用到一只飞鼠，但只买一只达不到保险要求，又担心雌雄一对会增殖，助理就买了两只雄飞鼠。近距离观察飞鼠，会发现它们圆圆的眼睛闪闪发光，面容竟格外可爱。要是全身长满长毛，说不定跟松鼠和兔子没什么两样。只不过它们的双腿和长尾全都像人类皮肤那样突然从毛茸茸的身体中裸露出来，让人忍不住吓一跳。它们纤细的手指让人不禁联想到血液循环不畅的老太太的手，身后却拖着一条粗壮的尾巴，俨然不断扭动的大蚯蚓。这种生物身上结合了可爱与丑陋，若无其事地将世间黑与白集于一身，散发着扭曲异样的感觉。如此毛骨悚然，让我十分满意。因为我在为它们准备的镜头里，就设定了“诡异得让人难以直视，如同人生污点的存在”这个特性。

负责飞鼠的导演助理 S 君并没有对此表现出厌烦，却也没有多么高兴，只是秉着完成工作的态度默默铲屎，默默喂食，默默抓起尾巴调教它们。按照他的喜好，两只飞鼠被命名为“卡朋特和波兰斯基”。

我问他飞鼠会不会表示亲近，S 君想也不想就回答：“怎么会，它们可笨了。”

“不会咬你吗？”

“当然会了，我总是被咬。”

“啊！那不太好吧，搞不好会生病。要不你去医院看看。”

“要是听见我说‘正式拍摄开始叽’，就请你提高警惕吧。”

说完，他吃吃笑了起来。如此说来，他的长相确实双颊凹陷，门牙吐出，仿佛鼻子底下随时都会长出胡须来。

虽然飞鼠只出现在两个镜头里，但果不其然，拍摄一点都不顺利。S 君会抓着飞鼠的尾巴，在镜头方向悬挂吃的东西，然后突然拉响警报或喇叭，让飞鼠仓皇逃窜，甚至抄起点火枪在飞鼠面前喷火，很是折腾了一番。然而它们在导演助理家中过得优哉游哉，丝毫没有生存竞争的压力，知觉早已麻木得无药可救，无论我们搞什么把戏都得不到特别敏锐的反应。我早就对此有所预感，便很敷衍地喊了 OK，结束飞鼠们的拍摄。周围响起了稀稀落落的掌声。

后来我问，你打算把这些飞鼠怎么办。S 君回答："继续养啊，反正把它们放出去也活不了。"我又问飞鼠寿命有多长，他用听不出是否关心的干瘪语气对我说："据说有三年左右。"

我听说 S 君一直单身，连恋人都没有。一个人跟鼠类同居一室……我忍不住有了不必要的担忧。

对于这些飞鼠，故事还没结束。它们虽然肉眼看起来很诡异，真正通过画面来观察，却发现那圆溜溜闪闪发光的眼睛凝视着镜头，可爱的小手和耳朵泛着点粉色，与我脑中描绘的"诡异得让人难以直视，如同人生污点的存在"截然不同，反倒炸裂出《森林家族》那种奇幻感觉。

"不行，这样无法表达出场景的意图。不好意思，只能砍掉了。"几经烦恼后，我们最终还是剪辑掉了飞鼠的镜头。尽管没有了意义不明的镜头，影片看起来顺眼许多，整个场景却少了某种揪心的感觉。真可惜。不过只能这样了，那种镜头保留下来实在太奇怪，S 君，真不好意思。我在剧组成员的聚会上，借着酒劲说出了这些话。大家都很赞同，觉得很有道理，可以理解。我顿时感到松了口气，接着便开始与成员们互相犒劳，喝到酩酊大醉。可是第二天早上，制片人却给我打来电话说：“导演，我听说你们聚会时一致同意，应该重拍飞鼠的镜头啊。既然如此，我们得叫上照明部和美术部开会安排日程才行。”哈，还有这种事吗？我努力回想前晚的事，发现断断续续的记忆角落里，S 君挂着直率的笑容对我说：“飞鼠还在，长大了不少。”

于是飞鼠们就向第二次拍摄发起了挑战。这次我把“可爱”“惹人怜惜”设为绝对禁忌，美术部也制作了骇人的布景，还用黄豆粉和乌贼墨混在一起给飞鼠全身化妆，让它们看起来仿佛浑身油污。如此折腾一番，它们又被揪着尾巴面对镜头，接受饵食诱惑，被报警器吓唬，受了不少苦。浑身涂满喷香液体的波兰斯基氏像郁郁寡欢的贝多芬一般挠着头，还一副贪婪的模样舔起了手。与此同时，卡朋特氏倒是很淡定。只见它一动不动地凝视着镜头，做了一番截然不同的静态演绎。素材拍够了，我头一次对动物演员给出了心满意足的 OK。

结束一番大事业后，S君马上用宠物香波把它们洗得干干净净，使它们变回毛蓬蓬的样子，躺在他膝上任人抚摸。我说，这不是跟你很亲嘛。S君却回答，哪里亲了，它们根本不懂。然而把飞鼠放到其他导演助理膝上，它们却一刻也停不下来，紧张得大便都跑出来了。

“你要一直让它们俩待在一起吗？要不要养只雌鼠？”

“别开玩笑了，那样会一口气多出三十只来。”

“两只雄鼠不会打架吗？”

“会呀。虽然会打架，晚上却要挨在一起睡。这两个家伙以后只能一直当处男了。”

S君再次吃吃笑了起来，更像是只大老鼠了。

拍到的素材果然十分骇人，所有人都满意地点着头，如此一来，飞鼠镜头就可喜可贺地复活了。一个月后剪辑结束，录好了电影音乐，后续工作所剩无几。彼时寒流开始侵袭日本列岛，东京街头随处可见几天前下的雪冻成冰坨。我突然收到S君久违的联系，原来两只飞鼠同时死掉了。

他因为工作要去京都出差几天，回来就发现飞鼠已经断了气。我就不明白，旁边明明有饲料，应该不会饿死才对……S君应该身在地铁站内，因为电话另一头的声音断断续续，仿佛在喘息，让人很难听清。

没有主人相伴的东京寒夜，莫非太过漫长了？两只不懂人言的飞鼠就这样倚靠着彼此，双双离开了这个世界。后来我又收到一条短信："我很后悔……早知道多放一点饲料，说不定就不会这样了。"据说他那天晚上把飞鼠送到宠物陵园，一个人将它们埋在了空地的土里。可能谁也不会注意到的电影镜头，却把人们带入了各种深邃的夜。好不容易得来让我兴奋的骇人镜头，从那天起却再也回不到从前的感觉。

果然，动物总是不尽如人意。

没过多久，S君又说他想养养刺猬之类的小动物。不知后来如何了呢？

单身汉跟刺猬同居一室……唉，应该还好吧。

《J-Novel》2012年4月号

X= 路径

我一直憧憬德尼罗的手法。

很喜欢《愤怒的公牛》，也喜欢《午夜狂奔》；喜欢《出租车司机》演员化身真正的司机去感受角色，喜欢《教父II》里马龙·白兰度的模仿秀，简直引人发笑，还有《恐怖角》的全身刺青必须是真的，这种理由已经完全超出我的理解能力。所以，我的童年一直在罗伯特·德尼罗的七十二变中度过。所有角色看起来都像“打从娘胎里出来便是那种人”。

然而，在同一部电影中突然增重减重数十公斤，为了演绎稀疏毛发而刻意拔掉头发，这种演绎手法是否具有普适性，我很难做出判断。即便不做那种事，也有演技超群的大家，同时我也认为，没有那种要求，毫无特性的角色演起来有时反倒更困难。写脚本时，若过度沉迷取材和资料研究，整个创作主题就会不知不觉变成“了解现实”“忠于现实”，忘记了自己要抓住或酝酿“超越现实的某种东西”。那是因为前者轻松不少。前者需要耗费时间，增加负担，更容易得到周围“工作努力”的认可，然而那并非挑战自身创作力量根源和极限的行动，不会发自内心地受伤或焦虑，事实上可谓一种极为怠惰的手法。

尽管如此，我还是憧憬德尼罗的手法。我一直无法抛下自己可悲的梦想，希望能找到拥有同样精神和热情的演员加入自己的电影制作，希望自己能在人前大肆吹嘘这个成就。

我为新作展开了某个角色的公开招募，要求是外表看上去像二十五到三十岁的女性，知名度与经验一概不问，但是体重必须有八十公斤以上，不设上限，另外还要对自己的运动能力充满自信。因为我对角色的设定是女子举重最高量级选手，因此必须挑选能够演绎“举起一百四十公斤重物的女人”这个角色的人物。

有人半是无奈地问我，你怎么搞出这么个角色来？其实，我很喜欢身体硕大的女性运动员英勇奋斗的样子。最让我记忆深刻的是2005年世界柔道锦标赛无差别级选手薪谷翠夺得金牌的瞬间，她当时克服了身体的重大伤痛，奋力制服了比自己高大的欧洲选手。薪谷选手衣衫凌乱，厚实的肩膀一上一下喘着粗气，一头短发挥洒着汗水向对手扑去，有如决心死斗的孤独猛兽。那个身姿瞬间砸碎了充斥世间的“要瘦”“迷人”“女子力”等价值观，蕴含着压倒性的正义。我忍不住想象她与世间价值观相隔绝，坚信自己选择的道路，独自一人奋力前行的心境。在比赛时间结束前一刻，薪谷选手使出一招小外挂[1]决胜的瞬间，我这有如耗子般娇小孱弱的人也忍不住发出近乎野兽的嚎叫，一脚踹歪了桌子腿。

柔道这种运动在日本是走到哪里都备受欢迎的热门项目，凡是大型比赛都会有地面波直播，一流选手全都会被放在聚光灯下。而我更想躲开那些阳光普照之处，寻找默默生存并努力的斗士，寻找在令人诧异的世界里流淌着血汗，所有人都疑惑“为什么偏偏选了这条路”的女性——我带着这个想法四处寻觅，最后找到了举重这个竞技项目。举重界名

1 柔道足技，使对方向右后方倾斜时，将身体移到对方右脚外侧，用左脚内侧挂住对方右脚，利用身体向前顶的力量，将对方向右后方摔倒。

流三宅宏美选手平时是个外貌可爱的女性，一到比赛时便会表情剧变，小小的身体稳稳扎在地面，奋力举起两倍于自身体重的杠铃。那种反差固然极具冲击，但我后来才知道，原来日本也有能将超过一百四十公斤铁块高高举向天空的重量级女性。在这个竞技项目中，存在着日本最能对抗重力的女人。若这都不算浪漫，那什么是浪漫?

取材时遇到的顶级选手全都充满魄力，每踏出一步仿佛都能让大地摇撼，可她们的身体却具有橡皮球一般的弹性，握紧杠铃举起铁块的瞬间，爆发着让人目不暇接的敏捷。举重在一般人眼中可能只是单纯的比力气，事实上它跟田径短跑和跳高一样，是一种需要锻炼“爆发力”的运动项目。当我问到从事这项运动的契机，有人回答自己是从柔道队被挖过来的，有人回答自己原本属于田径部，来参加共同训练时被教练直接拽走了。大家都笑着说，一开始谁都不愿意穿那种突显全身线条的“怪力男”比赛服。她们身上都散发着爽朗而温柔的魅力，用闪闪发光的眼睛回答我的问题，高兴地答应让我参观训练光景。这些都是尚未体会过媒体曝光的重压，从未受过伤害的天真面孔，同时也对自身的努力拥有绝对自信，声称“随便看哪里都行，想问什么都行”，让我不禁感慨万分。为此，我迟迟没有告诉她们“那个角色因为一直埋首体育事业，没有经历世事艰难，因此一下就被卷进了婚姻欺诈”。等我好不容易招供，她们依旧用灿烂的笑容对我说：“我们很期待自己从事的体育项目出现在电影里。而且从来没想到自己能见到电影导演这样的人物呢。”这让我耳边仿佛炸响了一阵训斥：原来你所谓的营生就是吸食这些人的血肉吗！

回到公开选角的话题。

来参加面试的女性多种多样，有演员，有搞笑艺人，有格斗家，也有职业运动员。日本娱乐圈人才稀少，具有那种特征的演员更是屈指可数，不过制片人拼命找来的那些丰满大号女演员都有种奇妙的共性。她们说话都很圆滑，充满幽默感，只消聊上两分钟就会扬起阵阵笑声，甚至让人想相约去喝酒了。面对女演员这种职业人士，我平时基本都会很紧张。无论对方多么亲切友好，我都有种不可思议的异样感。她们向周围散发的信号频率好像跟普通女性不一样。她们会把镜头当作恋人呢喃爱语，可以几十次泪流满面地与别人搭戏。亲眼目睹演员的工作，经常让我感到“这种事只有性格扭曲之人能做到”。不过这次的体验却属例外，让我意识到“但是，七十五公斤以上（或 BMI 30 以上）的女演员除外”。

与此同时，我见到的女格斗家和女职业摔角选手又有截然不同的魅力。当然，她们都能轻而易举地抬起五六十公斤重物，但除此之外，她们还都在严苛的垂直型工作环境[1]中经历过磨练，拥有无可挑剔的礼节，同时她们强壮的肉体也都散发着可靠的父性气息，又混合着初中男生的青涩，以及幼女的纯真。她们带着羞涩的笑容，用笨拙的话语讲述生活和工作，涨红着脸努力朗读我们提供的剧本，那个样子让我不禁胸口一紧，实在太真实了。

且不论对演技的担忧，她们散发的光芒深深吸引了我。那种无法假装他人的笨拙，让人为之痛心的不可替代感，正是我在这个角色中追求的特质。“无论世人如何评价，我都只能活出我自己的样子。”这种力量和悲凉让我无比感动。可是与此同时，我又不想把她们嵌入到“举重选手”这个似是而非的设定中。将我孕育出的“角色”强加在她们头上，让她们成为不是自己的人物，这让我感到十分抵触。另外，我对专业演员绝对不会产生这种感情。这“强迫别人假装成

1 指上下级明确，极为讲究论资排辈的工作环境。

另一个人”的罪恶感，不知我究竟能否抗住——

就在我的迷惘到达顶峰时，江原由夏女士出现了。她是剧团“扉座”的演员，我一开始通过制片人拍摄的面试视频认识了她。她体形很大，上学时又参加过田径投掷项目，即使隔着衣服也能感到她身体的弹性，让我感觉她与取材时认识的举重运动员体格差不多。不过她的演技却与身体散发的力量截然相反，显得十分宁静，透着一丝若隐若现的阴暗，仿佛内心一直在怀疑自己的人生。

我与她直接碰面，问了这么一句：

“如果您同意饰演这个角色，就必须进行严格的肉体改造。我需要您进行大量训练，不断努力，最后让专业人士认可‘像真的一样’。我很喜欢您的演技，也希望您能够饰演这个角色……但我不能否认，这些要求对一名女性来说，无论精神上还是肉体上都十分严苛。”

事实上，她的体格比我在录像中看到的娇小许多。江原女士与我相对而坐，微弓着背，用格外安静，却透着一丝沙哑、蕴含着力量的声音对我说：“那个，我也很希望能得到这个角色。”仔细一问，她目前体重超过九十公斤，不过二十岁上下刚加入剧团时，她还只有六十公斤。因为剧团里正好有另一位同龄女性与她体形相仿，团长就下令“你们两个其中一个要胖起来”，她便听从吩咐胖了30公斤。这足以让德尼罗也大吃一惊了。

“您没有举重经验吧。”

“确实没有，不过我想努力，也希望您能给我这个机会……”

从江原女士身上，我能看到运动员的淳朴，交谈起来感觉也很好，但我们并没有聊得热火朝天。因为我在她面前感到了些许紧张。总感觉，她身上散发着真正女演员的气息。

如此一来，江原女士就成了我完成梦想的牺牲品。

电影开机前，我先给她安排了大约三个半月的准备时间。当然，她并不可能真的举起一百四十公斤杠铃，只能请美术部做一些重量较轻的道具杠铃片。但教练对我说，哪怕用道具，演员至少也要能举起六十五公斤以上，否则就不够逼真。因为杠铃太轻，中间的铁杠被举起时无法呈现出被压弯的形态。他还满腔热情地对我说，举重的精髓就在于铁杠弯曲的形态。高高举起六十五公斤杠铃是种什么概念——我去年曾在东北帮忙搬送三十公斤的大米到临时住宅，某著名男导演平时拿的重量不超过一册剧本，彼时却充满干劲地扛起一袋大米，瞬间便被压弯了膝盖，小肚子向外突起，宛如地狱绘卷中徘徊的丑陋恶鬼。啊啊，江原女士将要面对多么苦难的前路啊。

然而好不容易等到第一天训练结束后，制片人却向我汇报：“江原女士第一天就举起了远超目标重量的杠铃，教练说下个月会让她去参加区大赛和东京大赛。”原来教练坚信，江原女士身体柔韧度奇佳，对爆发力和重心位置都有非常好的把握。我认为实际参加比赛对演员进入角色很有帮助，但没想到她竟接连在区大赛、东京大赛夺得了金牌。如此一来，我们只能愣愣地大张着嘴，目送江原女士一路疾驰。教练仿佛捡到了宝，两眼放光、喘着粗气对我说：“这样下去就算去不了伦敦，也能赶上下一届里约奥运会了。话说，你们电影什么时候拍完？两个月后就是关东大赛了。”

据说这是江原女士头一次出演镜头下的角色，她对谁都毫无怨言，一心埋头苦练，每天不断进步。很快，她便跟职业运动员没什么两样，一开始还需要我来解释“举重是这样的运动”，中间开始变成江原女士教会我各种细节了。不过，对于饰演角色之外，人们向她表露的期待，她本人应该十分困惑。在大赛上获胜，还得到教练盛赞，连我这个牵线搭桥的人都毫无责任地高兴得像个傻瓜。“去吧！加油！剑指里约！”——没想到情况竟会变成这样。她高中毕业后就加入剧团，在这条路上走了整整六年，二十来岁开始出现危机感，认为自己必须在演员这条路上做出点成绩来，否则难以面对父母和亲戚。如果能够迎来演员生涯的大转机，她什么都愿意做。结果竟在那个过程中发现了另外一种不得了的才能。举重这种运动，真正体验过后确实很有意思，还有人夸奖，让她感到很高兴，感到自己备受期待，心中顿时充满兴奋。接下来要称霸日本？称霸世界？剑指里约——可是我究竟是谁？今后究竟要怎么走？停止剧团活动一段时间，独自走在训练场回家的路上，江原女士一定无数次对未来感到茫然、期待和不安。这就是她在我们这部电影中走过的路径。

我深深感觉演员是种很艰苦的工作。把那种工作强加到别人头上，我简直比魔鬼都不如。江原由夏女士威猛的雄姿和她细腻柔软的演技，都是目前日本任何演员都无法演绎的至上珍宝。这一切将在新作《卖梦的两人》中完全展现，敬请期待。

另说一则闲话，江原女士在电影杀青后，又结束了舞台话剧东北公演的幕后工作，已经重新开始举重练习，并刷新了自我纪录。至于我，若有别的梦想即将实现时，还会向各位汇报。

《J-Novel》2012 年 7 月号

X= 执照

我念初中二年级时，曾问来班上进行教育实习的二十岁短期大学在读的女生："你平时都玩什么？"她回答："嗯——车？坐车？兜风？"于是我又问："什么车，是自己的车吗？"

"嗯——也不能说是我的，应该是朋友的？"

"男人的车吗？"

"是男生哦。"

"开的什么车？"

"呃——翱翔者？ RX-7？ BM 之类？"

"有这么多男人吗？"

"呃，算是吧。"

“你只是坐车吗，坐的只是车吗？”

“哇，你问的问题好色哦。”

这是1988年的对话。那是一个定义了盛世的时代，也是大酒驾时代，那些下体生毛不过七八年的男人，夜夜驾车飞驰，女人们则驾着他们和车一同飞驰，在世间留下一串轰鸣之声。时光飞逝，我也快四十岁了，周围没有一个人开外国车、跑车、高级轿车。这是推崇环保车和环保出行，替前人做了断、擦屁股的时代。年过三十的演员扮成大雄，在广告里犹犹豫豫地说，还是去考个驾照比较好吧。

我也早在二十岁就拿了驾照，只是在东京住了这么些年，至今都未拥有过私家车，即便偶尔驾驶车辆，每逢变道都要被后面按喇叭，若在狭窄道路碰到对向来车，简直如同生化危机中碰到丧尸，浑身僵硬无比。换言之，就是所谓的金牌本本族[1]。有车一族的生活对我来说依旧是遥远彼方的绚烂幻影。尽管如此，我这次却要向另一种执照发起挑战，那就是叉车执照。

我的新作《卖梦的两人》由松隆子女士担任女主角，没

1 日本有一种金牌驾照，专门发给连续五年无违章无事故的司机，然而经常开车难免违章，反倒是考到驾照后从不开车的人轻易就能到手，故称金牌本本族。

错，就是梨园[1]出身的那位松隆子。剧本里写到了女主角驾驶叉车的场景。叉车属于特种车辆，原则上必须持有执照才能驾驶。不过那个场景只有一瞬间，是否能在现场稍微练习一下即可……我心里虽然这么想，制片人却认为无证驾驶风险太大，还是去驾校把执照拿到手为好。而松女士闻言也一口答应下来了，还说“这样我就不用担心将来没出路啦”。真是幽默。

我为了写这个故事，专门到当地的职介所考察了一趟。当时有人在门口给我发了一张“女性限定叉车培训 / 培训费可享女士优惠”的传单，因此才想到了叉车的主意。我以前从未见过开叉车的女性，不过一想象熟练操作货叉的女性，我就莫名兴奋。这很好，这说不定真的很好。回到家，我把传单拿给母亲说：“我感觉能拍到好画面，您觉得呢？”母亲顿时欢呼起来，指着我说：“你现在就去上课，把执照考下来。”因为母亲时常为我的将来感到担忧，我也深有同感，于是老老实实点头应承下来，决定先写好脚本，把电影拍出

1 歌舞伎的代称。松隆子出身于歌舞伎世家。

来再说。然而情况发生了改变，不等电影完成，女主角就要去考执照了。趁此机会，我也提出了考叉车驾照的意愿，最后加上同样对将来感到不安的制片人和首席导演助理，四个人一起参加了为期四天的培训。

电影拍摄时间设在夏秋之际，唯独叉车场景定在隆冬拍摄，我们便决定在剧组暂时解散的时期去参加培训。其他部分顺利拍摄完毕，我也按照计划开始了剪辑，接下来只需松女士秀一把叉车技巧，整个拼图就能完成。换言之，如果秀不出来，电影就无法完成。不止无法完成，甚至会前功尽弃。我们把一切都押在了松女士考取执照上。

我们并没有事先告诉驾校，“女演员松隆子”要去参加培训。因为不能把事情闹大，影响到其他参加培训的人。尽管如此，我还是有种“糊涂八兵卫”的心情。黄门大人真的不会露馅儿吗[1]？

第一天培训内容是理论知识，剩下三天是实际操作。早晨八点十五分理论培训一开始，我就意识到这根本不是“只需四天就能考到”那么简单，而是“必须四天就考到”。（请

1 源自日本时代剧《水户黄门》，剧中的黄门大人一直微服出访，故有此说。

参考下面的教科书内容）

一个物体以速度 v_1 通过 A 点，t 秒后又以速度 v_2 通过 B 点，此时加速度 a 可用以下公式求得。

$$a=\frac{v_2-v_1}{t}$$

在此之前的整个人生中，我从未思考过叉车构造和货物搬运的力学规则，然而那天却要在七个小时内学完两百页的教材，随后立即考试。这个认知让我深受震撼，倍感焦虑，极端紧张过后开始犯困，一不小心在松女士身边打起了瞌睡。据我所知，松女士即使在昼夜颠倒的艰苦拍摄现场，也从未露出过疲惫表情。她圆圆的大眼睛总是透着清澈的光，仿佛柔和的影子坐在片场一角。一旦轮到自己的镜头，那个影子就会瞬间化作强烈的闪光。我竟在如此令人敬佩的女演员旁边钓起了鱼，还咣当一声把脑袋砸到桌上，随即直起身子抹一把口水，不好意思地往旁边一看，发现大名鼎鼎的松隆子也在钓鱼。看到那幅光景的瞬间，我猛然松了口气，同时燃起了不可思议的斗志，决心不惜一切代价守护这个人，定要让她通过考试。

松女士也说自己好久没参加过考试，感觉不太自信，还罕见地表现出了紧张情绪。

“可你背台词很厉害呀。”

“这跟背台词完全不一样啊。”

我心中顿生无所畏惧的枪弹之勇，阴沉沉地咕哝了一句“我帮你”，随即在四个选项中稍有自信的地方一通画圈，带着被取消考试资格的觉悟把答题纸推到了松女士视野内。我偷偷瞥了一眼松女士的答题纸，发现她的画圈位置与我的相差甚远。松女士也抬头看了一眼我的答题纸，发现差别很大，随即拧起了眉毛。尽管如此，松女士还是一个答案都没改。只见她再次认真细致地读题，仿佛要整个人都潜入其中，最终没有接受我伸出的援手，淡然提交了答卷。松隆子就是这样一位演员。

别人都行云流水地把题目答完，成绩公布也特别快。我们两人几乎兜底。就在我感觉永远都不会被叫到名字时，好不容易听到了那两个名字。松女士真名传入耳中那一刻，我差点没忍住发出咆哮。不过，此时尚没有一个人发现松女士就是松隆子。

第二天我便带着醒目的蓝色安全帽坐上了叉车。我们十一个人被编成一组，轮流开着叉车到场上练习。一开始仅是叉车动起来便把我吓了一跳。由于是前轮驱动，一转方向盘前轮就会以惊人的速度转动起来，把车尾一甩，害我险些被离心力甩下去。叉车还有一个特征，就是倒车跟普通汽车不一样，方向盘往右打是向左倒，往左打是向右倒。所有人都因为这个差异而困惑不已，在训练场上开得左摇右摆，不过多开几次，人们就渐渐掌握了诀窍，没有一个人越开越糟糕。除了我。

本来准备考取这个执照的人，就不可能连普通车辆驾驶都没有掌握。一个自打离开驾校就没尝试过侧方停车，整整十八年毫无进步，连在宽敞的郊外超市停车场都无法一把停好的人，难道会跑来考叉车驾照吗？不，肯定不会。除了我和松女士，同一组的学员皆为男性，各自都专心磨练自己的驾驶技术，然而最后还是对我步履蹒跚的危险驾驶看不过眼了。我那分不清前后的移动轨迹渐渐吸引到越来越多“这人到底怎么回事”的谴责目光，我自然不可能意识不到，于是体内顿时生出一股灼热，方向盘越打越错。一个个安全锥被我撞倒在地碾得粉碎，连性格温厚的老师也忍不住嚎叫起来：

“啊啊啊啊！！”好想哭，好想哭。松女士正用那双大眼睛担心地看着我。哇——真对不起。主角明明不是我，是松女士才对啊。

然而，我同时也被一种异常熟悉的感觉包围了。“呜呼，何其无能——”

回想起来，我刚进入电影世界时，曾经每天都被那个想法打压得几近崩溃。说白了，我是一心想逃避那种想法，才选择了不给任何人添麻烦，一个人孤独地写脚本。如今我被冠上导演的头衔已有十年，诚然不再有人专门跑到我面前来痛骂“无能”，但那想必不是因为我终于有了能力。我是借了各方力量，极力掩盖，巧妙装点，让人不再这么想罢了。当我被那台叉车玩弄时，突然产生了重逢真正自己的感觉，竟油然升起一股安然。好久不见，果然是你？过得挺不错啊。

正巧，隔壁那组学员中也有个问题成员。那是一位六十五岁的阿姨，即使教官在旁边教了几十遍，她也分不清升降杆和货叉杆，每次我往旁边一看，都会发现她的叉车停在训练场中央，直直戳进货物里一动不动。不知何时，偏好熟女的导演助理K先生就成了那位阿姨的保姆，连安全帽绳都替她系好了，据说那位也是“觉得将来可能有用”，才来发起挑战。真是勇气可嘉。不过六十五岁的身体想学会新事物恐怕很困难吧，连教官也不耐烦地对她说：“老妈妈，我看你真的不行啊。”后来一位女职员看不下去，上前鼓励道：“你要加油。”那位阿姨顿时哭了出来。我想，很快我跟那位阿姨就要变成留堂的好朋友了。

要如何与无能的自己共处下去？对此，我已经有了自己的答案。

那天回家，我坐在东西线的电车里，走在回家路上，泡进浴缸里，直到睡着前一刻，都闭着眼睛专心进行正确操作的脑内练习。安全确认，前进，打方向盘左转，停车，侧制动器，轻触操纵杆微抬货叉，安全确认，再度前进，将货叉伸入货物底部，停车，侧制动器……在旁人看来，我成了坐在电车里一门心思做着给鸡仔分雌雄动作的疯狂中年妇女。第二天早上和第二天晚上依旧如此。我不知道结果会如何，只不过我是那种容易将所有努力打水漂的人。尽管如此，如果不去做这件事，我百分之百会失败，这点我很确定。我已经把松女士和电影完全抛到脑后，一心只想着自己的事情。

不过，在如同冰冻银针的小雨中，松女士穿着从 K 先生那儿借来的灰色雨衣，同样在等待时间中伫立在场地一角，紧闭双眼反复比划着分小鸡的动作。松女士平时都自己开车到片场，驾驶技术自然靠谱，但她还是主动向组里擅长操作货叉的人请教意见，不断努力练习。当松女士轻轻往驾驶席上一坐，操作货叉缓缓潜入托板底部，所有人都把目光锁定在了安全帽底下那双黝黑的双眼，以及白瓷般精致的脸颊上。他们一定都在想，要是能与目光如此清澈，如此美丽的现场作业员一同工作该有多好啊。只是谁也没有发现，那位美丽的现场作业员就是松隆子。这到底是为什么？

有一件事让我感到很不可思议，短短四天时间，虽没有同吃一锅饭，却共享了同一台叉车的人们竟产生了难以估量的团结意识。我们考试时必须在一定时间内到场上固定地点完成装卸货，并顺利到达终点。练习期间，我们逐渐掌握了十一个人各自的优缺点，开始互相提醒，互相指导。仔细一问，果然他们基本都是为了工作而来。一位开大卡车的司机想自己卸货，还有一位邮局职员在管理邮递物品的巨大仓库上班。面对我这个对吊车尾充满自卑感的人，队友们也送上了温暖的喊声：“只剩下倒车了。”“时间缩短了不少啊。”

同伴真是好东西。

连松女士都咕哝道："要是考到执照，我想请那些人来看电影。想请他们看看我努力开叉车的样子。"她可不是经常说出那种话的人啊。

第四天是实操考试。我们站在12月罕见的横风暴雨中，一个一个走上前去，其他学员则在一旁怀着祈祷的心情观望。伦敦奥运会一度被人们热议的临场发挥失常，也降临到了我们这个微不足道的场地上。许多人的结果都不如练习时理想。原本无可挑剔的人，在一个很基础的弯道上越线；还有人漏掉步骤；甚至有人彻底忘记操作方法。在瓢泼大雨中，一位男性将货物抬到半空，突然动作一僵，仰天沉默了整整一分钟，最后再用颤抖的双手正确操作控制杆升起了货物。那个瞬间，替补席上突然爆发出欢呼。松女士平时在片场如同老僧入定，彼时我却头一次见到她激动得喘不过气、高声呼喊的模样。那一刻，我感到雨衣下的身体在熊熊燃烧。

我和松女士都顺利完成了考试。快到结束时，风雨也都平息了。我很有自信。回到教室，老师报出了及格名单，给十一个人都发了一张闪闪发光的执照。包括松女士，也包括我。老师向学员们表示祝贺，并嘱咐我们安全驾驶，将学到的东西好好运用到工作上。一番质朴温暖的讲话过后，四天艰苦的培训就算结束了。老师向我们行礼，队友们纷纷收拾东西准备离席。我终于决定要把印笼掏出来了（啥时候成了阿格）[1]。

“老师，这四天真是辛苦您了，非常感谢。对了，其实那位女士是——”

高丽屋的威力果然不凡[2]，老师一声惊呼，几乎软倒在地，听到对话的队友个个惊得往后一仰，教室顿时化作兴奋的熔炉。人们霎时忘却考取执照的激动，全都像得知赫本真实身份的格里高利·派克一样两眼含泪[3]。没想到松女士真的从头到尾都没暴露身份，实在是不可思议。这简直是罗马假日重现。虽然开的不是摩托车，而是叉车。

几周后，拍摄正式开始。松女士眼中再次出现与驾校那时全然不同的光芒，握住了方向盘与操纵杆。由于一切都很匆忙，当时并没有留下队员姓名和联系方式。不知大家都在

---

1 此处呼应上文的水户黄门比喻。印笼为表明黄门大人身份之物，通常由角色“阿格”随身携带。

2 松隆子是歌舞伎世家高丽屋九代目松本幸四郎的女儿。

3 这里指《罗马假日》情节。

什么地方活跃呢？我虽然又一次成了本本族，不过电影倒是拍出来了。那个镜头非常美。请大家都来看看松隆子创造的奇迹吧。

说句题外话，不知那位阿姨后来是否考到了执照？我们带着兴奋的颤抖离开驾校时，她正独自一人在强光灯照亮的场地上接受补考。当时我看见，阿姨开的叉车正在场地上像蜗牛般蠕动。阿姨，不知您又在哪里活跃呢？

《J-Novel》2012 年 10 月号

X= 音声

新电影票房逐渐稳定，我决定趁此机会搬家。我的作品从提案到票房稳定，一般要耗费三年时间。这三年里，我几乎毫不关注自己的生活。家具、杂货、家电和摆放位置被忽视了整整三年，已经如同化石般褪尽颜色。来到我家真是太可怜了，你们就当这段姻缘是运气不好，接受现实吧。我一边想着，一边轻抚那些仿佛失去了表情的杂货和藏书，再将其装进纸箱里。退订报纸，拔掉所有电线，连日在房间里听着风声呼啸，埋头收拾东西，我不禁感觉自己成了身在东京都内的隐者。真安静——迁至新居，拆过一轮行李，终于连上因特网后，我才得知录音技师桥本文雄先生去世了。网络新闻讣告栏里，写着一段简短报道：

桥本文雄氏。十一月二日下午七时二十七分因肺炎去世，享年八十四岁。他以日活[1]为中心，从事了半个多世纪的电影录音技师工作。代表作有《太阳的季节》《幕末太阳传》《武士的家用帐》等多部电影。

无声逝去——这就是我对这个消息的感想。

他为二百八十五部电影担任过技师，无疑是电影界传说级别的技术人员。“录音技师”这个名称其实不太准确，反倒是英语的“Sound designer”（音效师）更容易想象这一职业的工作内容。录音技师不仅要进行现场录音，还要考虑什么声音该如何表现，统筹音效、音乐等一切音声要素，进行综合演绎。记得是2012年初，《联合舰队司令长官山本五十六》发布后，我不知在哪读到一则报道，说桥本先生自称身体已经无法应付片场环境，决定从技师岗位隐退。他一

1 “日活株式会社”（にっかつ，日活株式会社，英文：Nikkatsu Corporation），简称日活，由1912年创立的日本活动写真株式会社发展而来，为今日日本五大电影公司之一。

直工作到八十三岁，水平从未有过倒退，为何此时要选择退出呢？当时我感到很惋惜，不过那恐怕是唯独本人才知晓的“到此为止”之感。他那毅然隐退的态度让我很是感慨。虽说如此，其实我读书时根本不知道桥本先生这个人，刚当上导演助理时，曾经问过桥本文雄是谁呀，因此捋了一把前辈的逆鳞，被他大骂“你连那位先生都不知道，竟敢踏入这个业界！”1957 年川岛雄三导演的《幕末太阳传》堪称日本喜剧金字塔，电影为全影棚拍摄，桥本先生却给那些黑白胶片赋予了江户末期品川大游郭的享乐与颓废气氛，而且他至今还活跃在电影制作第一线——听到这些我不禁感慨，那确实是一位近乎神明的人物。

桥本先生常在现场说：“音声才是戏剧之本。”我身在电影界，自然时常听闻那句名言，只是始终没机会与那位先生共事。日本电影黄金期，不仅演员和导演，连剧组主要成员都能得到黑车接送，桥本先生从那个时代走来，经历了其后的衰退期，管石原裕次郎叫“小裕”，对吉永小百合称呼“小百合”，如此资深的技师，对我来说可谓云上之人。据说他过去很讲义气，为人严谨。我这个二十来岁尚未积累足够片场经验，就被莫名扣上导演头衔的“愣头青”恐怕连跟他打招呼都排不上座次。但是三年前，我到桥本先生坐镇的日活电影制片厂配音室给自己的作品做最终调音加工时，他却漫不经心地走了进来，在场所有技术人员自然是同时起立向他问好。只见桥本先生穿着笔挺的西裤和精工外套，一如电影片场还富有格调的时代之人，用温和的语调对我说了几句话。我当时太紧张了，完全不记得对话内容，只知道多亏了这个人亲手调出的音声，我今天才会站在这里，心情无比激动。

“音声才是戏剧之本”。

经常有人认为电影以视觉为本，实际在拍摄现场，最优先事项也是镜头效果。同时还有很多国家的电影长年以来都以全后期录音为主。我还听说，意大利拍电影时，演员都在镜头前假装倾诉爱意，实际嘴巴里却在数数充当台词。摄影机最伟大，接触摄影机的人最厉害，摄影机拍下的东西最美。嗯？音声？那种东西后期慢慢调就好了。后期录音，后期音效，后期音乐，到了后期可以随意加工嘛。要拍到完美画面，必须讲究时间地点光照，条件严苛多了。如今已进入全盛时期的数字摄影，即使光量不足也能拍摄到清楚画面，然而在那只能用胶片拍摄的时代，冬季外景一到下午三点，片场就会开始弥漫紧绷的杀气。人们一边盯着马上就要落到山顶的太阳，一边大动作转移摄影机，演员热情四溢地完成一段长镜头演出，马上就要念出镜头终结处的关键台词，就在那个瞬间，隔壁道路上突然有摩托车按响了喇叭。录音助手高举着长杆全身一软，摄影部恶狠狠地咂起了舌头。

“重录。”我说。

摄影机回到原位，小道具回到原位，大照明多加一盏。演员下场补妆完毕后，周围光线更加昏暗，气温也开始下降，不知谁家的老人突然病倒，家人叫来了救护车。

“先等警笛声过去啊——！”棚里传出录音技师的惨叫。

“快拍不到了，让我开机啊！”摄影师以吼声回应。

预备，开拍。紧张感传染到演员，台词出错了。咔。再来。

“导演，不行了。”

“我知道，再坚持一会儿，预备！”

烤——白薯嘞——

……片场四十个人同时长叹一声。

人们都说，若不进行现场录音，拍摄效率能提升好几倍。直升机、飞机、电车、人行横道信号音、废品回收、大型车辆倒车提示音、婴儿哭声、蝉鸣、偶尔遇到不停吠叫的附近家犬，剧组成员还会主动提出带它散步，令其远离片场。“又是音声啊……”片场各处都能听到这样的低声抱怨，唯独录音部技师们顶着一张沉默的扑克脸，心中好似隐忍着愤怒和“随便你怎么说，音声才是戏剧之本”的绝对自豪。

“音声才是戏剧之本”，很久以后，我才真正感受到那句话的分量。当剪辑进行到一定程度，我也开始怀念那段需要看天拍戏的日子时，现场对同时录音过于随便的判断错误，就如同一记铁拳击中了我的内脏。

有时对一个镜头 OK 之后，还要对演员说错的只字片语进行重新录音。比如某个长镜头中，女主角有一句台词是“山田君，你怎么没来？我一直在桥上等你。”其他一切都很完美，但演员出身关西，唯独那个“桥”字的重音一不小心放在了“hashi”[1]上。彼时灯光已经关闭，摄影机也正在撤走，

1 “hashi”根据重音位置不同，有“桥”和“筷子”两种意思，而在关东、关西两地，这两个词语的重音位置正好相反。

于是只好找到正在贴眼膜的演员，请她对着麦克风，重新说一遍“我一直在桥（hashi）上等你。”

然而，那个音节的“单独素材”在后来编入同时录音的素材时，却显得格格不入。不知日本演员是否听过自己录制的单独素材质量如何。他们真应该到后期工作室里来一趟，看看单独素材跟拍摄时的效果落差有多大，再回去好好反省。音调、节奏、张力、感情融入，全都不一样！快道歉！没用鬼！大外行！尽管我很想把一切都怪到演员头上，可毕竟人都是肉长的，每一场演出都独一无二，每一次肉体动作、与对方矛盾往来而生成的话语音调，无论技巧再怎么娴熟的演员，都不可能完全再现。正因为无法再现，那句台词才异常光彩照人。若是可以无数次重现的台词，亦证明演员的演技流于平凡。必须讲究时间地点光照才能“获取”的，绝不只有画面而已。无论别人再怎么叹气，录音部都不为所动，坚定地举着麦克风，执着于现场录音。对他们的精神，我只能表示折服。

“音声才是戏剧之本”——但音声并不仅指台词。无声电影或许能让人在自说自话的有声剧之外，重新发现更深邃的感动。音乐和音效的力量是令人恐惧的双刃剑，它们不仅可以让很一般的画面更上一层楼，也可以轻易让难得的好画面瞬间崩溃。试想一下，当施瓦辛格说出那句“I'll be back”，现场突然响起法国康康舞音乐，整个电影史恐怕就要大变样了。可以说，音声的选择把握着戏剧的生命线。若拍出来的画面戏剧演绎生硬，分镜也欠缺精彩，我就会追在乐师和效果部屁股后面，请他们设法挽回我的失误。反过来，若拍出来的素材一丝不挂，也能让人忍不住看入了迷，想不出任何可以添加的音乐音效，乐师和效果部也会对我说:“这里不需要吧？”我擅自把那句话当成了赞美之词，不知是否理解对了。

但是，我喜欢妆容秀丽的美人。不施脂粉也拥有通透肌肤和诱人眉眼的美人固然耀眼，但通过化妆能大变样的人更有意思。不，说句实话，我喜欢的是跟音声的化妆师一起工作。方才提到的“（音响）效果部”工作人员，便是我说的音声化妆师。想必各位都知道，他们在枪战和爆炸场面是不可或缺的一员。然而，若把“哒哒哒哒哒”和“轰隆”这类音效比喻成涂抹在眼睑和嘴唇上的局部妆容，仅仅是添加上去便能发挥极大效果，那么真正有趣的则是能够遮掩痘印和伤疤的基础妆容，以及能够改变骨架的阴影技巧。只要掌握了这几种技巧，便能化出让那些男人误以为是“淡妆”的妆容。这算什么，咿嘻嘻嘻嘻。

有一种作业叫“现场录音”，简单来讲，就是手工制作基础化妆粉底的过程。而且做出来的并非万能粉底，而是效果部根据每一场戏，每一个镜头，分别制作出最符合肤色的特制粉底。

深夜，男人拉开陈旧拉门走进房间，盘腿坐在榻榻米房间正中从不收拾的被褥上，一把扯掉上衣扔到一旁，掏出塑料袋里的罐装啤酒，拉开拉环，仰脖喝了一大口。

请各位在阅读这段旁注时，想象现场的声音。这个镜头只有伴随演员动作出现的一些动静，并不需要什么音效。然而效果部还是会仔细注视拍出来的画面，只要是镜头中存在的声音，无论细微还是夸张，全部在工作室中从零制作。当然，拉门开合声、男人脚步声、撕开零食口袋的声音等等，全都在现场录音中完成了录制。只是，哪怕已经有了现场录制，他们还是会完全迎合男人走的每一步路，重新亲手录制

“脚步声”。效果部成员会细心观察演员袜子的面料种类，穿上同种袜子，在美术部专门制作的旧榻榻米道具上行走。若道具发出的吱嘎声尚不足够，便重新选择更为陈旧的榻榻米，甚至换掉底下的板材进行尝试。脱掉上衣的摩擦声、塑料袋的摩擦声、吞咽啤酒的喉音，连打嗝声都要大口喝下可乐，在麦克风前重新录制。这就是音效的基础。我们不能突然播种，首先要平整土地。

有一位音响效果师 K 先生跟我合作过三部作品，每次他都不读剧本。没错，对我花了一年半写成的剧本不屑一顾。他曾经隔着镜片，用冒着冷光的眼睛看着我说：“因为等我开工之时，剧组里已经没人能以观众的角度看待作品了。所以我要站在初次观看之人的立场上，找出这部作品存在的疑问，思考是否能以音效去挽回。正因为这样，我才刻意不看剧本，并非对导演写的剧本不感兴趣哦。”不过 K 先生只要看过一遍拍好的画面，就能完全记住里面的各种细节，以及演员的身体动作。他会平静地说：“可以开始了。”随即不做任何试验，就走出完全相同的步数，以完全相同的动作转动身体，用同样的节奏咀嚼零食，以恰到好处的音效进行“演绎”——毫无压力。与之相比，我在现场纠结步子时机快慢、是站是躺的导演行为竟显得格外愚蠢。

并非只有真实的声音才是真实。曾经，我拍摄过一段线香燃烧着一点火光的特写慢镜头，并想在画面中加上静静燃烧的音效。然而真正的线香烧起来根本没有声音。于是效果部就用平底锅炒了一盘青菜，将加工过的微小音量通过音箱播放出来，做成了我要的燃烧音效。

将真实和虚构全部投放下去，做成最佳基底之后，就开始进行补足和删除的调和。录音技师和音响效果机师并肩坐在巨大的调音台前，仿佛钢琴连弹一般，用敏感的指尖展开一场竞演。

比如刚才写到的场景，给拉开啤酒罐拉环的声音加上些许回音，狭窄的房间霎时间化作只有男人孤身一人的闲散空间。给旧荧光灯添加低声嗡鸣的音效，再强调出咀嚼柿种花生的嘎吱、嘎吱、嘎吱声，将其余噪声降低至极限。这样一来，观众就会产生仿佛置身男人脑中的感觉。隔壁房间隐约传来深夜广播的演歌节目，跟咀嚼声一道，渐渐变为撕裂耳膜的爆音。深夜的孤独感和男人生活的灰暗前景一口气爆发出来——这种理念与“导演理念”结合在一起，将现场录制的声音与后期重新录制的声音，以及种种音效和音乐以一种极为纤细的方式混合起来，经过多番尝试，创造出“虚构的世界”。

有一次，音声化妆师K先生凝视着大屏幕上的夜路场景，突然咕哝道：“啊，这里地面是湿的。”现场拍摄时，剧组成员专门在路上撒了水，以体现出夜晚街道的光泽。只见K先生缓缓站起来，为了重录走在路上的女人脚步声，在工作室的水泥地面上撒了水，亲自穿上一双女鞋。顶着画面开始的瞬间，一个脚踏高跟鞋的四十岁男人满脸严肃地叉腿站在那里，那个光景无比滑稽，让我忍不住想叫人来围观。可是K先生一踏出脚步，眼睑便自然半垂下来。侧耳倾听，那串脚步声无疑是连女演员都无可挑剔的美艳淑女之声。完美的工作。只要继续做电影，就能继续跟这样老练的专家共事，正是这种认知，促使我再次转向了书桌。

要完全讲述音声演绎的复杂与深奥，无论用书面呈现还是以我的经验来谈都远不够。本想借此机会重读桥本文雄先生的名著《声音很不错啊》，但不知为何，竟遍寻新居书架而不见。自从遭到前辈训斥，十几年来，我一直将那本书高高祭在书架之上，没想到迁居之时，竟以如此巧合的时机丢失了它。啊啊，早知如此，为何我与老先生见面时没有——

无论与多少人离别，我都在重复同样的悔恨。不过，这本书的神秘消失或许也是一种缘分。总而言之，它是名副其实的名著。我也决心借此机会，重新到书店去买一本回来，再次仔细拜读。

《J-Novel》2013 年 1 月号

第二章

灌满泳池的啤酒

灌满泳池的啤酒

> 整个夏天，我和鼠走火入魔般地喝光了足以灌满25米长的游泳池的巨量啤酒。丢下的花生皮足以按5厘米的厚度铺满爵士酒吧的所有地板。否则简直熬不过这个无聊的夏天。
>
> ——《且听风吟》村上春树

十四岁那年，我第一次捧起村上春树的小说。那是讲述“我”回到海边小镇，度过二十一岁夏天的故事。人竟能喝下这么多啤酒吗？大人竟如此无聊吗？那时的我，尚不知“无聊”为何物。至于啤酒，不过是苦哈哈的碳酸水罢了。

等来到“我”的年龄，我也过上了整个夏天喝光一泳池啤酒的生活。不过，那已经与憧憬“村上春树”无关。我忘却了一切，不知不觉间陷入了无聊。而且我每天徜徉的地方，并非涛声环绕的爵士酒吧，而是附带卡拉 OK 设备，晒得褪了色的榻榻米宴会席，格调简陋的居酒屋，学生与劳工与上班族醉作一团、丑态毕露的街区。啤酒对我来说，不过是刺激沉重声带的冰凉液体。若只有我一人，则过于空虚，丝毫不想沾酒了。

“人生，真的需要啤酒吗？”当我脑中冒出这个模糊想法时，早已经历过数次胃溃疡，莫说一泳池，单单一杯啤酒，要喝光也得花些时间了。曾经憧憬的“我”，回过神来已经是个比我小了将近一轮的男孩子。看来，梦不知何时竟已终结。在那百无聊赖的年月，我曾试图保持警醒，不放过任何事物，却浑然不觉自己深陷梦境之中。不过，或许梦便是那样的东西。一旦发现是做梦，便会霎时醒来。不过梦醒之后，那杯啤酒便再也不是苦水，也非刺激物，而是浸透心扉的美味。一年又一年，时间的流逝都在加快，不可思议的是，相比那段喝光一泳池啤酒的时间，小口啜饮一杯啤酒的时间却显得更为悠闲。若“我”看到现在的我，会在心中感慨“这就是大人”吗？我不知道。不过，端着一杯啤酒小口啜饮，享受其中滋味，在我看来已经不那么无聊了。

“Gargery”啤酒官网，2006 年 9 月

惬意的住院生活

前些天，我有生以来头一次体验了住院生活。本来应该只有拇指大小的卵巢，其中一头竟膨胀到了直径十五厘米。

发现的契机是我心血来潮接受的子宫癌筛查。当时，附近妇科诊所那位骆驼一般稳重的老医师竟发出了尖厉的声音。据说卵巢是“沉默的器官”，并不会产生主观症状。近来我总感觉下腹尤为突出，但将其归为早晚要认命的体形衰老，一直若无其事地横陈在地板上嚼食肉包。

拿到医生的介绍信，我便开始挑选医院，问完一圈下来，发现每家医院的手术日程和方案都大不相同。此外，院内气氛与医生阵容也各不一样。

只是医院的门诊患者基本都集中在周日和节假日，检查时间也极为有限。像我这种除了拍电影，其余时间游手好闲的人尚可以认真挑选医院，那些正值事业旺盛期的公司职员，哪怕生了病可能也只有接受碰运气的治疗。毕竟是自己的身体，没法找人代理。

多亏我的精心挑选，住院生活十分惬意。我在床帘围起的三平米小空间里堆满了想看的书，一切事物都甩手给别人，也没人来催我干活，每天舒舒服服地体验着大作家的别墅闭关生活。

同室窗边床位的老奶奶也十分开朗，只是在夕阳洒满广阔天空时，或许因为出院无期，她还是会发出沉重叹息。晚上前来探望的家人离开后，情况尤为糟糕。不断膨胀的寂寥仿佛要从床帘缝隙里挤出来，蔓延到我身边。

我十天后就出院了，每夜都会凝视肚脐下十厘米那条细细的红色缝合线。它就像从炼狱中归来的印证，让我不禁有一丝骄傲。

医生到最后都没弄清楚病因和复发可能性。可能因为卵巢昼夜不歇地运作，我却始终没有使用它的工作成果，一直过着自顾自的生活，把它气得涨了起来。我实在找不到搪塞理由，只好每日揉搓下腹，妄图平息它的怒火。

共同通信网 2006年10月27日发布

Please Stop

我来到西班牙小镇巴利亚多利德，参加这里举办的电影节。所有人都格外亲切，经常满脸笑容地用拥抱欢迎我。

然而令人头大的是，我根本不懂西班牙语，连英语都异常糟烂。各国导演都在旁边说着流利英语，而我却单单打个招呼就能汗湿上衣。

我上的那所初中有一位美国修女，她简直是“严格”的化身。修女的体形好似一座小山，曾经手执教鞭无情抽打我们，逼迫一群连 ABC 都读不顺溜的孩子高声背诵“冰箱（refrigerator）”的拼写。万一有人卡壳，便会遭到冰冷蓝眸的瞪视，以及一声低吼：“你，零分。”结果，我就成了这种恐怖高压教育的失败案例。

最让我头大的是，由于被修女教会了地道发音，唯独“你好”说得格外标准。对方一听觉得有戏，立刻对我发起行云流水的话语猛攻。那些言语的洪水时不时就要将我卷走，导致我在国外使用最频繁的句子成了“OK, OK. Please stop.（嗯，嗯。请停一下）”。

期间，一位菲律宾电影导演主动找到我攀谈：“只有我们两人来自亚洲呢。”他的国家在我印象中并不算近，彼时却突然让我有了亲人的感觉。他虽然能讲一口流利的英语，但随处可闻的菲律宾口音却让我感到异常亲切。

我问他母语是不是英语，他笑着回答：“是他加禄语。不过菲律宾被美国统治了很长时间，曾经又是西班牙殖民地，所以很熟悉西班牙语。另外，还被日本殖民了三年左右。”我一时不知如何回应，却听到他若无其事地说：“不过要是一直被殖民下去，情况说不定会更好。”这让我更加困惑了。我之所以无法理解他内心深处的真实想法和感情，恐怕不只是语言能力的问题。于是，我便在他温和的微笑与伴随下，走向了剧场入口。

在这片用亲吻进行问候的西班牙大地上，我与他交换了简短的握手，他手心的温度，仿佛至今仍残留在掌中。

共同通信网 2006 年 11 月 2 日发布

迷路的狗

涩谷的西班牙坡。我在这餐饮店服装店鳞次栉比、游人如梭的道路上，发现了一条迷路的狗。

那是一条还没有成人小腿高的宠物狗，穿着一身颜色漂亮的针织衫。小狗每每听见女高中生怜爱的呼声，都会摇头摆尾，但很快便想起自身的窘境，悻悻地随着人群往坡上走去。

十八岁那年冬天，我头一次走上那道斜坡。那年我到东京考大学，考试结束后并不想马上回到住处，便漫无目的地晃到了涩谷街头。

说这种话并非谦逊，也非自傲，我不是擅长学习之人，因此“像疯子似的”猛学了一年。粘在书桌旁废寝忘食，弓着身子低声默念历史年号，好似下咒语的巫婆，连家人都对我敬而远之。

当时我对大学这个地方怀有无比期待，认定那是一个远超自己想象的精彩世界。尽管我从未认真想象过那个地方。

总之，我还年轻，也还单纯，对努力就能得到回报这个说法深信不疑。埋头苦读一整年，到头来考试时间转瞬即逝，答卷上的空白让我不禁怀疑自己的双眼。

涩谷街头热闹非凡，仿佛能把我胸中的空栏填满，一切都显得如此炫目。我一路战战兢兢，生怕别人看透我对自己的不自信，最终在气势上溃败，仓皇逃窜至眼前的咖啡厅。透过玻璃窗俯视下方人来人往，我总算松了一口气。当时凝视的道路，便是西班牙坡。我还记得，那天点的意大利面格外美味。

考试最终失败，我又顽强复读一年，勉强及格了，只是梦寐以求的大学生活却没让我学到多少东西，实在是羞愧不已。如今残留下来的，只有一边伏案一边做梦的黏液质习性。

我很想再尝一口那天的意大利面，只是涩谷早已物是人非，彼处成了别家店铺。倒是我，经过十几年后依旧难以适应东京街头的绚烂，依旧寻觅着供我逃窜的店铺。不知那条与针织小衫毫不相称的迷路狗，最后是否寻觅到了舒心的所在？

共同通信网 2006 年 11 月 10 日发布

藏书原则

很久以前，我就考虑要搬家。

我公寓一楼那个男人独自攒了七八台比萨外卖员用的那种三轮机车，每到周末，他就在公寓门口摊开一大片数也数不清的工具，恣意散发机油臭味，惹来邻居嫌弃。那身着黝黑迷彩服、日复一日闷不做声摆弄机车的身影教人没来由地生气，糊着油污的眼镜背后，瞳孔颜色几不可辨，让人毛骨悚然，感觉一定不能跟这个人对上目光。上个月，那男人因为一年多没交房租，被强行赶出了公寓，然而此人严重影响公寓形象，欠缴房租恐怕只是房东将他赶走的借口而已。我的房租倒是及时清缴，跟邻里街坊关系也并不差，虽然周围只有牛肉盖饭店和脏兮兮的拉面店，我却不讨厌这样的冷清。

再加上讨人厌的一楼男人已经离去，照理说我没什么可抱怨，别人也不会抱怨我。尽管如此，我不久之后恐怕也要离开这里。这一切都是因为书。

搬到这里时，我决心这次一定要好好整理屋子，过上舒心的生活。学生时代曾经搬过几次家，但真正买来被称作“书架”的商品放到房间里，这次还是头一遭。在此之前，我一直都在用杂物架，或是将书本码在彩色收纳箱里，还会顺着房间形状和大小，拾些砖头石块回来，搭块板子做成架台，等书变多了又出门去找石块板子，一层一层往上码，用这种“流动书架”解决书本收纳问题，每次搬家只需拆掉就好。此前最让我感动的是，前住户在十平米出租屋的墙顶下方留下一圈长板，像是装在墙上的架子。虽然我身材矮小，恨不得搭梯子才能够到，不过那却是个成功利用了无用空间的好主意，让我有地方放置不愿丢弃的书籍。

后来我心思一转，决心不再依赖“流动书架”，总算买了一个滑动式书架，结果刚组装好，它就被我手头的书塞满，只是竖着放完全不够塞，实在没办法，只好将文库本打横塞到缝隙里，最后塞得满满当当，滑动式也滑不动了。我的人生基本如此，无论壁橱还是鞋柜，只要带有拉门就必然拉不动。最后只能把手臂塞进不知为何被卡住的门缝里,吭哧吭哧地摸索里面的东西。所以说门还是要用开合式，就算开门瞬间里面的东西如同山洪倾斜，也总好过完全打不开。

整洁优雅的书房之梦早早破碎，书桌和书架周围的空间都被梳妆台和被炉等生活用品顽强占领，死守硬抗，连多买一个书架的空间都没有。我咬紧嘴唇凝视书桌到天花板那片仅有的空间，最后还是两眼含泪，拿起不知为何没舍得扔的砖块和板子，投入“流动书架”制作中。

然后过了三年半，书本们悄无声息，却格外顽强地侵蚀着我的生活区域。原本只想在枕边放上几本最近想要阅读的书籍，结果哪一本都未曾翻开封面，唯独数量不断增加，让我的床头不知何时成了充斥孤魂野鬼的书本坟场(萨缪尔·贝克特《马龙之死》、《志生全席落语事典》、村上春树新译作《漫长的告别》、《“痴呆老人”在看什么》、《秘密结社的秘密》等，这些都感觉很好看啊)，那些最适合作为厕所读物的轻松插图本，已经在马桶旁边酝酿着雪崩(《大便之心》《佛像的秘密》《沙雕画像500连发！！！！》等等)。另外，我原本把别人送的人偶和小猪存钱罐放在“流动书架”

最上层，觉得那里应该足够安全，结果最后还是被书本攻陷，让它们露出了真凶被追到东寻坊[1]悬崖绝壁时的险恶表情。忍无可忍。每次看到书山书海，我都想立刻离开这个地方。全都怪书。

藏书多并非坏事，其实我反倒很憧憬成为那种大人。我气的只是这些书本实际与我并无关系。原本“藏书”为何意？《广辞苑》的解释如下：

——藏书：保有书籍之意。或指保有之书籍。

——保有：保存所有物。或保存之所有物。

——所有：自身所持并拥有。或指所持并拥有之物。

那就是“持有书籍并保存”吗？我大受打击。竟然是字面意思。看来不能指望《广辞苑》给出我设想的那种内涵解读。

换言之，以《广辞苑》的角度来看，我确实拥有危及

1 位于福井县北部，与石川县相邻的日本海沿岸的一处山岩峭壁。

房间清洁卫生的大量“藏书”，只是其中许多书籍莫说阅毕，连浏览都未能实现，只是装满铅字的物体罢了。为什么？赤贫的学生诸君读到这里可能会暗斥肮脏的大人世界，不过自从我发表了几部电影和小说，便有越来越多的陌生人和出版社给我送书。完全免费。一开始我还把这当成职业福利，只是过上几年，我便发现那些书根本不可能马上读完（《如何与金融产品相处》《温泉与健康》《琵琶法师》等）。或许有人会想：不知检点的东西，既然读不完，何不扔掉或送人呢？然而，正是因为书籍远离自己的世界，才会显得魅力非凡。像我这种虚业人士，根本不知何处就会发现对工作有益之事。有时就是要将目光放到兴趣爱好的范畴之外，才会想到前所未有的好主意。因此，我还是把《琵琶法师》陈列枕边，梦想有一天能把它翻开，到末了却被生活追逼，一页也没有翻成，又或者被追逼过紧，因反作用力陷入恍惚无聊的生活中，《温泉与健康》又被送了过来，我迟迟无法鼓起勇气将其处理掉，只好依旧陈列处理。即使能“持有书籍并保存”，我却全然无法将书中内容“保存”到自己脑中，唯独数量不停增长。《广辞苑》啊，那真的能叫“藏书”吗？

学生时期，我从自由市场上买来一个小书架，将数量稀少、却皆为自身所选、郑重读完的书籍收纳其中。那上面的书应该都被折了角、画了线。我认为那才叫“藏书”，也希望能那样读书。现在的我只能与自身持有的书籍形成没有爱的稀松关系，甚至要被它们逼出家门。真是太没出息了。

然而，或许是出于对过去的记忆，也可能是因为心中的小小反抗之意，我至今仍只允许至少看过一次的书籍登上书架，不管多么无聊。不管是村上春树，还是钱德勒[1]，都不能融通。别说那值得纪念的滑动式书架，就算已沦为预备役的“流动书架”也不许上。不先经过我这一关，它们都得老老实实躺在地上。

我很想让这些散落在手边脚边的书籍全都成为自己真正的“藏书”，再找个日子搬家，为它们安装一个能安心休憩的书架。我衷心希望自己不会因为它们的侵略而失去主动权，最终被赶出家门。另外，非常感谢各界人士为我送来如此多的书籍。将来有一天，我或许能够从大家送来的书中找到灵感宝藏。只是，若将这比作小碗荞麦面，现在就该打住了。

1 上文提到村上春树新译作《漫长的告别》便是钱德勒所写。

我早已长大成人，希望能自己选书。

我的书架《yom yom vol.11》2009 年 7 月号

我的名医

小时候，我曾得过慢性鼻窦炎，总是吸溜着黏度极高的清鼻涕，身体稍微不适，鼻子就仿佛被塞了硬栓，再也无法用来呼吸，以至于“玩过家家”不得不说成“搬过家家”，“油菜花”也成了“油寨花”。实在没办法，我就尽量避免容易露馅的前后鼻音，瞬间找到意思相同的近义词，善用定向词，强装平静与人对话。大人时常叫我擤鼻涕，然而那并非易事。因为小孩子普遍被认为天真无邪，内心不设防，然而在某些事情上，他们的羞耻心却比大人还要强烈，尤其对疾病、排泄和性欲三者抱有极为强烈的罪恶感，并会互相监视，互相断罪。正如日本小初学校普遍存在男学生在校内大便十分困难的现象，擤鼻涕也是一种十分忌讳的行为。所以我的鼻孔里时常饱含热乎乎的清水鼻涕，同时屏息静气，试图不让任何人察觉。因为我感觉，鼻子不好等于脑子不好，不想被人知道。

我家附近有两家耳鼻喉科诊所，自我懂事以后，就一直被家长领着去看离家较近那家，然而无论去多少次，第二天早上我还是会发出吸溜鼻涕的声音。母亲又气又恼，一天便把我带到另外一家耳鼻喉科诊所去了。换到现在，那就是所谓的寻求第三方意见吧。那家诊所与我常去的地方同样老旧，候诊室里同样挤满了老人孩子，连诊室里都人头涌涌，甚至，脑门上绑着银色盘子的老医生，也跟我熟悉的那位医生别无二致，几乎难以分辨。然而医生只看了我的鼻孔一眼，就用门外候诊的耳背老人们都能听见的声音大叫。

“哇，哇，这位妈妈，你怎么让孩子的毛病一直发展到这样都没管？”

母亲尝试反驳：啊？我没放着她不管呀——然而医生立马开始对我的鼻窦炎的严重程度发表长篇大论。

我被冰冷的金属撑开鼻孔，发现医生旁边的台子上密密摆着许多药瓶、棉棒和吸引器，还有一只小小的骷髅头摆件悄然坐镇其中。发黄的骨色中空出两只眼窝，被衬托得格外黝黑，那道视线既没有投向医生，也没有朝向我，只在虚空中徜徉。我脑中顿时浮现出“死”这个字眼。

“辣总医森，我才不要咔了（那种医生，我才不要看了）。”

寒风中，我坐在自行车后座上，朝着母亲的背影大喊。我说：“若要我去看那种医生，我情愿流一辈子清鼻涕。”母亲一边用力蹬自行车，一边笑话我的愤怒，然后若无其事地说：“他确实很夸张啊。”可是一想到时常带我去看耳鼻喉科的母亲，我还是觉得她有点可怜。

后来我也去原来那家诊所看过，但很快，母亲便开始带我到市区大医院的耳鼻喉专科了。因为我还是个孩子，当时没问怎么回事，不过如今想来，那天在风中大笑的母亲，想必对骷髅头医生的话耿耿于怀。去了几次大医院，医生决定给我动手术。

“你要试试手术吗？”住院医生向八岁的我征求意见。我以前听说家里伯母也去做过鼻窦炎手术，是把上唇内侧的筋切断，将皮肤一直翻到鼻头上，顿时惊恐不已……然而后来才知道，医生说的手术没有那么夸张，而是局麻之后很快就能完成的简单门诊手术。然而也因为这样，让我无法在毫无知觉的情况下接受手术。

“能做到吗？你真勇敢。”

医生不等我回答便说了这句话，现在回想起来，他当时应该快四十岁了，不过还是比我家附近耳鼻喉诊所的医生年轻许多，白大褂下的身体也充满张力。他不是身边环绕着信奉者的城主，而是名副其实的浪客。他的言谈开朗大气，让人不禁想象，他所见之人皆为陌生人和心意不通之人，时而与敌人为伍，相互切磋，又相互理解。他的目光似乎专注于我，又似乎朝向了更高处，正与更棘手、更凶猛的敌人对峙。我的清鼻涕对他来说不足挂齿，一击便足以杀却。这让我感到鼻腔里的清鼻涕顿时萎缩了不少。我愿意相信这位医生。

“哦，好棒好棒好棒好棒。哇，真的好棒。”

我感到无比粗大的针头插进鼻孔，毫不客气地贯穿了我的软骨。仿佛那根针头已经穿出局麻部位，插进我脑子里用力搅动，带出一阵僵硬而深邃的痛苦。按照医生指示半张开的口中，哗啦啦地流淌着鼻腔冒出的鲜血，让我自己端在下巴底下的银盆，霎时汇集出一个血池。我心想：哇啊啊。可是医生一迭连声的“好棒”让我丧失了哭泣时机。我只能瞪着充满恐惧的双目，甚至忘了如何翻动眼皮，唯独医生的声音格外悦耳动听。我不想给他的昂扬斗志泼冷水，还希望成为他的好搭档，共同挑战未知的领域。于是，我便把硬汉演绎到底了。

很快，医生结束了与我鼻腔的战斗，豪气地把针一拔，大手抓起纸巾，给我的鼻头一顿乱搓。宛如丸子般浑圆粗壮的手指感觉格外温暖。

“你真厉害，一点都没哭。”

听到那句话，不知为何我眼中滑下一点东西。我从医生手上拽过纸巾，偷偷擦掉了那些液体。

那或许只是他多年经验养成的儿童医疗技巧。我并非那种不爱哭的孩子，耐性也不算太强，但从那以后，医生的“好棒好棒”仿佛深深埋进了耳朵里，让我不知为何不允许自己哭泣。那种感觉就像法庭的过去判例一样。有了如此痛苦都未曾流泪的前例，遭遇此次困境也不应该哭泣。

尽管变得不容易流泪，最关键的清鼻涕还是在一年后重新冒头，我又被领到附近的耳鼻喉诊所接受起毫无用处的治疗。他做的那些事究竟有何意义？我承受了如此痛苦，到头来竟毫无改善。不过我也来不及发出那种疑问，而是争分夺秒地在外面玩耍。可能不知不觉间强健了体魄，也可能因为到了可以毫不犹豫在人前擤鼻涕的年龄，我的呼吸竟变得异常顺畅。直到最后，我都不明白这个鼻窦炎怎么就痊愈了，总而言之，我很难断定那场手术是否是关键之举。如今那位医生也早已步入老年，想必也成了一国一城之主，靠在椅子上悠然度日。而我只要不感染特别严重的鼻风寒，就很少注意到自己的鼻窦。只是，但凡在人生中遇到种种痛苦，我依旧会想起那个富有张力的声音。同时坚信，自己能够回应那个不容置疑、一迭连声的鼓舞。

说句题外话，鼻腔手术几年后，那位医生恰好又成了为我兄长切除扁桃腺的执刀医生。兄长醒来后，他专门把摘除的扁桃腺拿过来给他看，还笑谈那东西肿大得如同纪州高级梅干。兄长虽然常年因为肿胀的扁桃腺承受高烧之苦，却也受到了医生昂扬大笑的影响，尤为自豪地向我描述了其肿大之态，让我记忆犹新。

《新潮》2009 年 8 月号

深夜两点的男人

一天晚上，我与友人从涩谷宫益坂后街店中走出来，时间已是凌晨两点。两个女人走在连接大路的漆黑小径上，看见一个光头上已经冒出一层短毛，身穿不应时的厚重高领白毛衣，胯上吊着经历过无数次清洗的松垮牛仔裤，与涩谷风格截然不同的男人，迈着怪异又疏松的寂寞脚步向这边走来。我心中莫名涌出一股紧张，霎时朝后瑟缩了一些，擦肩而过之后，心想原来是错觉，正松了一口气，背后却传来一声呼唤。

我们俩回过头去，他先放下一句："说出来两位可能不相信——"随后打开了话匣。

"其实我现在很为难，刚才在圆山町喝了不少酒，倒在路边睡着了，等我醒过来，发现装着钱包、身份证、银行卡、手机、记事本的包不见了。我马上去派出所报了警，可是没找到。想联系朋友，也不记得号码，又几乎没有朋友住在这附近，刚才我到住在宫益坂前面的熟人家，发现他人不在。但是我马上就要去工作，不能延迟，必须回到公司。怎知末班电车也没了，正不知如何是好。于是对二位有个不情之请，能借我一点钱打车到新横滨吗？”

新——新横滨！那得要一万，不，一万五千日元左右吧。但确实不是超出随身现金数量的金额。虽然我有很多话想说，但姑且把脑中冒出的问题先扔了过去。

——为什么不请警察帮忙？

“因为身份证也丢了，警察不信我。他们说就算借也顶多只能借我五千。”

——不能等到始发电车时间吗？

“现在都已经迟了，我必须尽快赶过去。”

——你联系公司那边了吗？可以先拦一辆车，等到了公司再请同事帮忙付车钱啊。

“我刚刚被派遣到那个公司，电话号码都没记清楚。公司里只有一个熟人，但我不肯定他这个时间还在上班。说来惭愧，我几乎没有积蓄，又刚刚发薪水，丢掉那个包里装的就是目前全部财产。如果可能，我也想尽快把钱还给二位，但最糟糕的是要等到下个月发钱才能还上。虽然还有很久，此时突然询问联系方式也显得很失礼，如果可能，我想现在与二位约定下次见面的时间，定要把钱还给你们。所以，还请二位出手相助……”

仔细打量这个白色高领毛衣的人，我发现他有着禅宗僧侣一样异常质朴的面容，言语措辞也很有教养。这点要说奇怪，还确实有点奇怪。虽然诈骗犯的主要手段都是处处让人瞥到稳定的背景，可世界上其实充满了像他这副打扮、生活能力低下、危机管理能力全无的人，反倒显得异常真实。他的平凡让我无法做出事不关己的判断，感觉不帮他实在太残忍了。莫非这就是他设计的巧妙圈套？

虽说他是自作自受，但我若处在同等情况下，确实也无计可施。事实上，所谓东京生活就是根本不知道许多朋友家地址，也丝毫记不住电话号码。工作日深夜两点，究竟会有几个陌生人对我伸出援手呢？

最后我们还是说了不好意思，没把钱借给他就走了。跳上计程车后，司机也笑着说不给才是当然，然而真相究竟如何？他是目光敏锐的职业小额诈骗犯吗？还是没有得到我们帮助，再次堕入生活困境的无助青年？我感到很后悔，因为把钱借给他，应该就能得到答案了。若他真的来还钱，便是真正为难之人；若从此人间蒸发，那就是个骗子。只需一万日元便能知道这件事的真相，我却没有投资。我感觉这次亏大了，不知各位怎么想。

共同通信网 2009 年 10 月 23 日发布

啊，旅情

由于工作原因，我经常要踏上旅途，比如取材之旅、为拍摄取景、宣发活动，还经常到遥远国度去参加电影节，让别人艳羡不已。可我只是普通百姓出身，拥有极强的归巢本能，一旦事情办完，就会特别想念我那老鼠洞一样的公寓。想必，这称不上爱好旅行吧。

若问人生到目前为止，什么时候是最具“旅行”感的？我想，应该是往返于家中和预科学校那段居家浪人的时期。每次骑着自行车经过水流缓慢得好似停滞的川边，我都会为自己尚未变成任何人而感到强烈不安，拼命蹬起踏板只想把那种感觉甩到脑后。为什么我会把那段日子当成旅行？可能因为当时我没有任何身份。我想旅行便是那样的心情吧。

一次，我去参加蒙特利尔电影节，因为别人一句“获奖可能性很高哦”，就临时决定延长停留时间。虽然同行人员都已回国，只留下我一个人，但跟我一起来的朋友担心我会害怕，也把停留时间延长了几天。我们感觉，不能待在这里干等着获奖消息，当天下午就一起飞往多伦多，租了辆车一路向尼亚加拉大瀑布疾驰。美国产的导航仪画面非常简陋，我们都笑称那就是小孩子的玩具，直到那天太阳下山好久，才意识到事态的严重性。由于腹中饥饿，我们下了高速，在快餐店停车场拉起手刹后，发现导航仪的箭头依旧顺着高速缓缓爬行，预计到达时间分分秒秒地缩短。此情此景，让我不禁想起《2001 太空漫游》。这可是彻头彻尾的机器失控。环视四周，我发现车子被笼罩在宽阔北美大陆的黑暗中，那深邃的黑暗让人难以想象，世界著名的风景名胜之一距离这里竟只有十几分钟车程。

我和朋友都把各自的立场和经验忘到了脑后，陷入一股莫名的不安。我们在哪里，前方是何处？卖汉堡的兼职女生白了我们一眼说：尼亚加拉？你们跑到两百公里外的反方向了。啊，旅情。我当时脑中确实产生了这个念头。后来那几天，我变成了没有身份的人，好不容易去到大瀑布沐浴水珠，然后与朋友道了别，独自回到蒙特利尔。

颁奖典礼上并没有报我的作品名。旅情一直持续到了我踏入自己的老鼠洞的那一刻。

《旅》2010 年 3 月号

同胞

我几乎不会讲英语。虽然经常出席各国电影节，可一众国外电影导演基本上都能用一口流利英语聊得热火朝天，而我只能挂着含糊的微笑，定时啜饮一口啤酒，全程贯彻花瓶的角色，一直以来给日本丢了不少人。但我感觉，这样也并非都是坏事。

2004 年，我到萨拉热窝参加电影节。在那个还残留着波斯尼亚和黑塞哥维那冲突痕迹的首都，我又一次失了态。在那个人口不足四百万的国家，我没找到日语口译，最后出现的竟是只在日本留学过一个月的当地青年。我们决定先去餐馆吃饭，我指着菜单上的单词问这是什么？那位青年的回答是："嗯嗯……好像叶子一样的，蔬菜！"青年虽然热情，但当我发现那道菜是"菠菜"时，顿时感到脸上失去血色。当天在舞台上与观众互动时，终于鲁莽地决定亲自用英语应答。波斯尼亚人英语很好，观众都热情地鼓掌欢迎远道而来的我登台，只是五分钟后，台下就卷起了暴风似的笑声。

"我想回家！我想回家！"哭丧着脸走下台去，眼前却出现了一对夫妻，丈夫那一方还自我介绍说，他是日本大使馆工作人员。那人对我说："有什么能帮到您的吗？"我闻言马上双手紧紧握住了他伸出来的手。

第二天开始，那对夫妻不仅给我当了翻译，还带我一路兜风到边境，对我讲了许多内战结束后的国家情况和民众生活。期间，两人的微笑从未褪色，还对我说："我们还是会怀念日本，所以能看到日语电影，真的很高兴。"

这么说可能有找借口之嫌，但我感觉，这种邂逅也是我化作不中用的木偶之后才能得到。被包围在外貌语言截然不同的人群中，人总是会感觉没着没落，此时哪怕遇见一个同胞，也会突然感到十分亲切，万分可靠。

容我换个话题，其实我对旅行地的公众浴场也很有兴趣。有一次又是去参加电影节，地方是德国威斯巴登。据说那里的温泉很有名，周围历史古老的高大建筑中，竟有许多温泉和桑拿。听闻此事，我头也不回地走到了街上。然而德国乃是天体主义大本营，基于“天赋人体所以崇高”的思想，浴场内部都是混浴，而且全裸是不变的铁则。我进去一看，确实没有人会为此感到羞耻，还有两对疑似邻里的中年夫妻，光洁溜溜地握完手，站在一旁聊起了家常。一口气看到如此多日耳曼民族的裸体，堪称宝贵体验，我的兴致也高涨起来。只是我这个东洋女人可能十分稀奇，他们也都齐刷刷把眼睛转了过来。不过渐渐习惯这种环境后，我开始感觉裸体真棒，便岔开大腿躺倒在桑拿房里。哪知就在那时，突然有个与我肤色相近、体毛相同的男人咣当一声开门走了进来。

原来就算一丝不挂，我也能瞬间认出同胞。当时浴场内还有几个用中文交谈的男性，全都意气昂扬，落落大方。只是方才进来那个男人明显不同，让我感觉他在微妙之处与我相同，比如眼神，还有害羞程度。

于是我猛地弹起，两腿一夹。对方脸上也闪过明显的紧张，甚至愣了片刻，最后还是梗着脖子走到房间角落，小心翼翼坐了下来。既然对方如此反应，我自是不能马上离开，却也不能走上去说“你是日本人吗”，左右为难之际，浑身汗液开始发黏。

其后，我带着一点苦修的感觉，在那宽敞的建筑中晃悠了好几个小时，然而不管走到哪里，都会跟那男性碰到。无论遇到多少次，我都丝毫没有向他搭话：“呀，怎么又见面了。”以此缓解气氛的心情。与之相对，我俩之间甚至荡漾起一股敌意，仿佛在向彼此质问：“你怎么还在这儿。”“差不多就行了吧。”“你到底想干什么。”最后，那竟成了一场看谁先放弃的比赛。

真不可思议。仅仅因为对方可能是同胞，羞耻心就会霎时复苏，让人顿生心意被看透的紧张感。若换作能够交换只字片语的情况，这次相遇的结果恐怕会截然相反。经过整整半日的言外心理交战，我已经累得筋疲力尽，只能祈祷他不是来参加电影节的人。毕竟我俩已经赤身裸体战过三百回合，这时叫我与他进行场面上的来往，我实在做不到。

所幸，我直至今日都没有与那人再会。不过就算现在碰上，我恐怕也认不出他来。要是他打完招呼马上脱得一丝不挂，那倒还有点可能。

然后启程《时刻》2010 年 7 月号

第三章

梦的前后——电影《摇摆》制作记录

1 草案

树冠沐浴在皎白月光下，我从昏暗树丛间窥见的情景，至今仍镌刻在脑海里。永无止境的瀑布轰鸣声中，一个男人的背影被水雾笼罩，仿佛容纳不下粗重的喘息，无规律地摇摆着。

那人是我朋友。他特别上进，性格又温柔，是个温厚老实的人。不过他虽然认真笨拙，同时也滑稽幽默，被女性称赞并非不寻常之事。尽管当中并不包括“真棒”“好帅”这一类形容。

他独自跪在悬崖边，凝视着下方深渊。因为一个女人，落入了瀑布底端。

她应该是他的朋友，与同伴到山中野营，发现一道气势磅礴的瀑布，关系亲密的两人便在瀑布边俯瞰底部深潭，发出兴奋的声音。突然，女性脚步不稳，身子探出了悬崖。男人慌了神，反射性伸出双手揽住女性的身体。他可能爱着那个女人。不，他或许只是与别人一样关心他人罢了。然而，被他抱紧的女性突然剑拔弩张，挣开了他的手，给出冷酷无情的拒绝。

我至今仍对当时男人脸上闪过的复杂表情记忆犹新。

扑通，一瞬间，巨大水声几乎盖过了瀑布轰鸣。

树丛之后。

我猛吸一口气。没想到他竟杀了人。他一直都是个老实又善良的人啊。一想到他值得钟爱的人品，我不禁觉得，若能将这场悲剧埋葬在黑暗中该有多好。于是我暗自发誓，要对此事守口如瓶。

然而不久之后，男人仿佛得了失心疯，不断朝他人挥舞拳头和利刃。

一想到他今后要怀着如此沉重的罪孽独活，我就感到万分惊恐。在警方经过调查找到凶手前，他不得不担惊受怕地度过如此漫长的时间，光是想象一番，我就觉得他太可怜了。

于是，我带着劝人接受安乐死的心情，让他去自首。

他毫无抵抗地束手就擒，许久之后我再去见他，发现他毫无罪恶感，还对那死去的女人口吐咒骂。他早已没有了一丝自责，双眼迸发着昂扬的光芒。他已经不再是过去那个他了。

我们这些旁人尚对凶案难以置信，还沉浸在惊愕中。要我一个个去通知他们，实在太痛苦了。

某天，我在车站碰到了先前还在跟他交往的女性。

我感到十分痛心，不知该如何向她解释。然而当我强忍胸中苦闷，将事情和盘托出后，她却若无其事地在一旁应声，随即拿起了突然响铃的手机，开始查找那天下午与男生约会的地点。唉，女人怎么都……

他的合作伙伴尚不知道此事，这对我来说又是一个重担。他们两人共同创业，一起克服了不少困难。一想到那个伙伴将要体会的失意和绝望，连我也开始坐立不安。他究竟为何要干那种蠢事。

“你在干什么啊！”

我难以抑制地大吼。

然而，就在我心情复杂的同时，脑中还是浮现出这个想法。他或许难以免除极刑，而我则深深涉足到了他的事件中。我跟杀人犯。那对我的人生，对我一直以来的努力和积累，对我的生活和将来都会造成影响，不是吗？想必是的，我如此直觉。

太让人气馁了，开什么玩笑，到底要搞什么？我脑中确实产生了这些想法。

悲伤和苦闷都迅速消退，厌恶之情开始在胸中翻搅。

睁开眼，我躺在床上。

梦结束了。

2003 年秋天的北海道，酒店床铺应该比自家潮湿的被褥舒服得多，只是那场噩梦实在太骇人了。我为广告拍摄来到这个度假区，孩子们在绿油油的草坪上玩耍，发出欢声笑语。惊醒后的现实，反倒如梦境一般。

“我做了个很可怕的梦。”

我对同行的是枝裕和导演仔细解说了梦境，只见他笑眯眯地回答：“我也好想看看男人被女人拒绝后，表情变化的瞬间啊。”

“想看”的意思是，叫我拍成电影吗？

且不说电影如何拍摄，我脑中连个像样的计划都没有。唯独自己在梦境最后冒出的想法，如同概括了整个梦境的轮廓，压在我背上难以甩脱。

那就等着吧。

看我把你拿到人前示众。

广阔无垠的北部晴空，把我肿胀的眼睑刺得生疼。

《SWITCH》2006 年 2 月号

2 脚本

当时，我有一个宿命的对象。

我暗自发誓，就算又做了新的梦，我也要与它长相厮守。

尽管如此，事情却不顺利，因为我夸下的海口实在太大了。自己说的大话到头来坑了自己，跌得头破血流。我的宿命对象，就是关于上门销售的男性诈骗犯们的故事。故事梗概经过一年反复修订，结尾依旧欠了一点火候，项目制片人始终没有允许我创作正式的脚本。

2003 年圣诞节，制片人终于对我宣判：若再没有改善的趋势，就要重新提交新项目以供审核。酝酿了整整一年的故事，竟未等触及阳光便要被埋葬，我自是心痛不已，便撕扯着鸡肉，把脸埋在被炉棉被里，独自流着泪水咒骂：制片人都是毫无人性、冷酷无情、感性为零的魔鬼。

咒骂之时，两个月前那天晚上的梦又依稀浮现在脑中。当时的笔记就写在濒临破产的项目问题点后面，文字中丝毫看不出自信：

瀑布潭杀人事件　要不要做做看

它一直被我带在身边，当成很久很久以后才要实现的计划。故事主轴应该是“瀑布”，还是“事件”？主人公是谁，究竟要向哪里发展……一切都还处在白纸状态。然而项目被枪毙的失意与愤怒让我气得发抖，在熊熊燃烧的负能量驱动下，我愤然把这个新人拽上了投手丘[1]。

然后，又是一场漫长的旅途。

有如高烧混沌状态下写出的梗概轻易便得到上头许可，我带着终于寻得真正人生伴侣的兴奋，下笔如有神，每晚都兴奋地思索着那天写下的情节，在被炉里失去意识，日子就

1　棒球场菱形中央隆起的人工土丘，丘上通常有一块白色塑胶板。

这样顺利度过。诈骗犯的故事早已被我忘在脑后，连当初写作的原因也再想不起来。他对我而言已毫无魅力。真正有意思的，只有我现在准备的项目！那就是所谓“第一稿”完成之前的时期。我感觉跟恋爱、结婚和育儿初期那种“黄金时期”有点像。

没错，黄金时期。但是我不一样，因为我的黄金时期将会一直继续下去。

我一度如此笃定。

主人公是一对性格完全相反的兄弟。我并非要探索兄弟的真实，也不是要讲述兄弟是什么，应该怎样相处。只是因为我要保证，即使身处如此严苛的境遇，两个主人公依旧拥有根深蒂固的羁绊，无法逃离彼此的存在。虽然我并不认为现在这个时代的人际关系正在变得越来越稀薄，但让两个主人公有血缘相连，应该是保证观众只需要最少说明的方法。电影其实有时间限制。艺术家们经常高声质问：“是谁规定电影只能有两小时？”但像我这种有幸获得拍摄电影工作的人，却必须进行那般算计。

两个男人在故事中都极为自由地起舞，但要追求脚本整体的尖锐，还是需要大量时间。项目制片人、剧组成员，甚至角色演员都极尽爱与智慧，对脚本提出了各种意见。当然，无论他们说什么，我都很气愤。这些人究竟有没有花时间思考啊，是不是心血来潮就把话说出来了，真是的……讨厌……嗯……

将近一小时后，他们指出的问题点开始隐隐作痛。仿佛化脓的伤口，周围组织已经坏死，放任下去全盘都得毁弃。于是我慌忙开始处理问题。如果说作家的使命是以感性相信并选择自己认为好的东西，并将其贯彻下去，那我的所为只能说无比浅薄，充满危机。无论我再怎么改，缺点都好似蚰蜒一般不断冒出来。我手头留有十九版电子稿，经常会改来改去，觉得这里不顺眼，应该这样做，最后竟改回了第一稿的样子。

漫长的旅途一直持续到最后，曾经的“黄金时期”早已消失无踪，我与脚本之间仿佛生成了类似孽缘的关系。

到最后一版“摄影稿”，我甚至厌恶得连封面都不想翻开。制片人明明眼眶湿润，感慨万千地递过了印刷精美值得纪念的脚本，我却用离婚调解中妻子看家暴丈夫的表情瞪了它一眼。偶尔有人说“脚本很不错”，我却感到是仇敌得到称赞，内心好不高兴，甚至做出堪称奇怪的反应：“……难说吧。”

还是到此为止吧。

我已经跟脚本鏖战了几百回合。

是时候诀别了。

摄像机开启，眼前的光景与我写书时想象的细节相比，无论多么接近，也不可能相同。我认为，电影诞生之际，脚本将会死去。曾经只存在于我心中的光景，只活在我心中的人物将就此诀别，而我则要去创造新的伙伴与新的电影。

摄影一旦开始，淡蓝色的美丽脚本便不再诉说，永远静静地躺在我掌中。

《SWITCH》2006 年 3 月号

3 选角

脚本是写给演员的情书。

是经过漫长单相思，极尽空想书写而成的情书。

你经历过这样的过去，过着这样的生活，为这样的事欢喜，为这样的事烦恼。只有我理解你，一直怀着爱意守护你。请你接受我的爱意，哪怕片刻也好，与我共同生活。

作者都会幻想出这样的浪漫：接到角色的演员，或许能在我描绘的人物中寻觅到自己的影子。

然而我从不会进行“基于演员的创作”。如果脑中想象着某个人的面貌、身体，甚至声音调子去书写脚本，真正选角之时却发现日程对不上，那绝对会让我再也难以振作。所以，我都会在情书写成之后，再去寻找收下它的人。而且收件人不止一位，而是数量众多。我会举出所有可能的候选人，从中寻求平衡，将他们嵌入角色，再舍弃，再尝试，再舍弃，以此证明“为什么非这个人不可”。所谓选角，就像一场需要直觉、毅力与精力，并且还有时间限制的拼图游戏。

故事以主人公两兄弟为中心，大部分登场人物都是男性。其中掌握了故事关键的唯一女主角，却始终找不到合适人选。她是万绿丛中一点红，同时也是人们相互欺骗、陷入纠葛的火种，在故事中盘便要消失。这种角色该交给什么样的演员，要做出判断着实困难。某天我拒绝了大量候补人选，忍无可忍的制片人熊谷先生终于用颤抖的声音尖叫起来。

“西川导演你啊，说到底就是对女人毫无兴趣！！”

……我只是对你喜欢的女人不感兴趣而已啊。一顿腹诽过后，我开始反省：“纯真”“质朴”“清新”“治愈”“纯洁”……我为何将这些女性的优点一一否定，不愿导入角色中，莫非我对那些特质都……心怀嫉妒？我意识到自己在电影这个“家”中，恣意放纵这自身的小姑子脾气，不由得吃了一惊。选角会毫不留情地体现出导演自身的喜好和自我，或许真是一项极为感性的工作。虽然号称“导演”，我却只在幼儿园时期当众表演过《国王的新衣》中的大臣角色。一个自己不会演戏的人，要如何指导专业演戏的演员呢？事实上，我心中时常怀着这种疑虑。也因为这样，每次在电视纪录片中看到电影导演指导年轻演员的举手投足，让他们融入角色中，我都会感到胸中一阵骚动：唔唔，我也……我也……最后愤然关掉电源（注：只在电视上指导得好时）。

所以，我只能对演员的演技潜能，以及对故事的解释能力寄予期待，然而两者无论哪一方，都无法用现有评价和其他作品进行衡量。就算是优秀演员，也要讲究与作品的相容性。说到底，选角就是一场赌博。

我还去找完全与行业不沾边的朋友商量，广集众人智慧，一点点填上拼图空白，终于等到与接受情书的人相见之时，难道还有比这更值得紧张的时刻吗？

接下弟弟角色的，是被世间称作“宠儿”的人。我与小田切让先生见面时——

他带着无忧无虑的笑脸，向我深深低头问候，让我不禁想高喊“惹人疼爱”。我为了掩饰紧张而口沫横飞，而他却认真地倾听，同时也表现出了对我这个初见之人绝不谄媚的坚定自我。

与香川照之先生见面时，我顿时就想：这人就是剧中的哥哥。

神奇的是，我与他没有初见之感，心情十分放松。我向他坦白："这个男人将在故事中化作巨大的怪物，连我自己在书写时，也时常被夺去主动权，难以抓住他的心理。"他的回答却给了我不少勇气："我就是这个男人，一切对我来说都无比自然，你不需要担心。"彼时，我眼前仿佛就是那个电影中的角色，一切言行都极其稳重自持。

构成拼图核心的兄弟十分完美，我险些兴奋得蹦跳起来。

这两个人，将会实现我的"浪漫"。

与真木阳子见面之时——

我对她说："希望她能对饰演这个背负'负面'要素的女主角一事，持有一些正面态度。"我感觉这个角色会给演员强加某种东西，自己本身就有些心虚。真木女士微微皱起美丽的眉头，摆出"你觉得我会心中不安？"的表情。糟糕，这个人可不能小看。太棒了，我找到了。"让人又爱又憎的女人"！

一旦聚集起一群人，电影就成了与他人共享的东西。那是一种奇迹发生的感觉。因为直到昨天，那还是只在我心中孕育的“宝贝孩子”，而今天刚见面的演员，已经比我更了解它，并开始用自己的想象去描画它了。在找到完美角色扮演者时，我会在他们接受角色那一刻，高兴地让出抚养权。不仅如此，我还期待当我来到片场时，他们会提出反对意见，不让我再横加改动。

我一个人窝在洞穴里，用漫长的时间酝酿出作品，而与这些演职员一道拍摄的时间，仿佛鸣蝉破土而出的短暂喧嚣时节。拍摄发生在 2005 年 10 月，我们走遍了仿佛被冰封的山梨县富士吉田市，以及今年降下破纪录大雪，而当时尚未迎来初雪的新潟县津南町。尽管无法适应严寒的身体瑟瑟发抖，我却仿佛迎来了迟到的夏天，感到由衷欢喜。

《SWITCH》2006 年 4 月号

4 是枝导演二三事

哦哦！剪辑室里响起一片骚动，剪辑工作正在逼近终点。

是枝裕和导演看过剪辑中的半成品，用两张 A4 纸手写了密密麻麻的感想，传真到剪辑室来了。接到制片人打电话告知此事时，我和剪辑部都心生不安。若把目前的工作比作登山，我们已经来到了九合目[1]，冗余已被除去，重组也下了一番功夫。我已经生出一丝自负心，疑惑“还能改什么？”然而发传真的人，却是将我“培育”为电影人的恩师，他的意见我肯定不能忽视。只是这种时候若被提到颠覆全

1 日本登山用语。将山分为十段，单位为“合目”，底部为一合目，山顶为十合目。

盘的观点，电影日程便会受到影响，甚至可能陷入大混乱。不过，那位导演向来不害怕那种日程混乱，这也是整个剪辑部都知晓的事情。

1997 年夏天，我被喊去参加是枝导演第二部作品《美丽人生》的取材小组，那是我与电影产生关系的契机。当时我还是个连独立电影都没做过的学生，甚至坚信现在的电影导演还会穿裹腿灯笼裤。如今回想起来，当时我无知到那个程度，究竟为何想到“要做电影”？我愈发觉得自己真是太可怕了。可是那位是枝导演却根本不管这些，一直在问我们脚本和选角的意见。于是乎，我们也很快忘了自己的无知，随心所欲做出回答。无论对方是制片人还是实习学生，是枝导演都会用满怀期待的目光倾听他们对作品的意见。当时我感觉他真是一位宽容的上司，但那其实是对自身作品无止境的贪婪。管他是什么人，先听了再说。

就算“无知之知”是人类成长的第一步，若当时是枝导演将那种“知”强加于我，像我这种胆小鬼必然会失去在“电影”这个巨大宇宙中畅游的勇气。顺带一提，临近开拍，面相凶恶的剧组成员渐渐到齐，不消说，我不久之后便在他们的怒吼下意识到了自己无知的境界。因为那些凶凶的人异口同声地喊“导演”，原本只知道称呼“是枝先生”的我也马上改口叫起了“导演”。不过，在目睹我卑躬屈膝满地乱爬的身影之后，唯独导演还面不改色地直接向我征求正片镜头感想。为了不让各位前辈听到我的厚颜无耻，我不得不拼命压低声音回答。

《美丽人生》做了一项尝试：取材小组从各处找来没有演戏经验的普通人，请他们以“死者”这一设定扮演自己。其中也包括几位老人。他们将在电影中拿着自己的简历，前往通向天国的“政府办公室”。那份简历中，还有一栏“死因”。只要有空栏，哪怕凭空编造，也要填上文字。“心力衰竭”“事故”“肺炎”“癌症”，越是细想越显咄咄逼人，让我心中犯起了嘀咕：我们请来那些普通老人，真的要面对那种仿佛不祥预言的东西吗？于是我便跟导演商量，能否从简历上去掉“死因”一栏。在电影制作方面，导演的话就是“绝对”。周围的人都知道这个故事纯属虚构，就连普通人，也是在理解了这个事实的基础上参与演出。尽管我提意见时仍甩不掉心中的这种疑虑，导演却在片刻沉思过后，接受了我的提议。他说：“‘描绘’的东西，无论是看，是拍摄，还是书写，其中必然含有暴力性，我们这些负责‘描绘’

的人，时常为了实现目的而放纵那种残暴的性质。”他还说：“你现在感觉到的异样，将在今后的创作过程中渐渐被稀释，但我希望你能一直记住那种感觉。”若问是枝导演对我进行的明确“指导”，我能想起的便是这番话。对我这个原本就好似脱缰野马的人来说，那番话仿佛成了孙悟空头上的金箍。

剪辑室一群人紧张地读完了传真来的细密文字。上面详细列举了电影完成工序的优点，对工作人员表示了慰问，还点出了因为我们每天过度专注而忽略掉的死角里的问题，用圆溜溜的文字仔细写出了有改善余地的提示。读到这里，剪辑室响起一片如释重负的叹息。随后，我们便踏出了登上山顶的最后一步。

在北海道做了最后成为作品原案那个噩梦后，有人仿佛看透了一切，从东京来到我工作的场所，成为第一个听我陈述梦境的人。那人就是是枝导演。从那以后，回首从写脚本、挑选演员、拍摄到加工的所有过程，是枝裕和这个人仿佛都躲在柱子背后窥视着我，向我发送信号。那么，他究竟在这部作品中充当了什么角色？可以是“策划协助人”“制片人”“观察者”“师父”，或是他本人说的“朋友”，但若凭我的感觉来说，他是“导演的导演”。正如小鸭子的印随行为，对我来说，他或许永远都是“导演”。

《SWITCH》2006 年 5 月号

5 香川照之二三事

我看完2003年在日本公映的中国电影《鬼子来了》（导演：姜文），就愈发想跟香川照之这个演员共事。他在那部影片中扮演一名太平洋战争末期被囚禁在中国荒凉山村里的粗暴日本兵，获得了绝佳好评。他那超乎寻常的表演，如今似乎已无须特意提及，但至少在那以后的三年，我完成《摇摆》拍摄准备期间，再也寻觅不到像他那样对电影充满激情的人。

说到构成电影轴心的两兄弟之兄——早川稔这个角色，我脑中有个模糊的想法，认为最重要的元素之一，就是演员本身的“激情”。若没有那种激情，就无法饰演这个角色，同时我也不想让缺乏激情的演员来饰演这个角色。

我平时几乎不看演员本人接受的采访报道。虽然并非对他们的为人丝毫不感兴趣（事实上我会不厌其烦地抓着剧组成员问："那人爱生气吗？""那人爱打人吗？"等等等等），但总感觉直接观看他们出演的作品，更能直接了解那个人在镜头上会呈现出什么效果。所以香川先生的"激情"也只是我通过屏幕得来的直觉，所幸，那个直觉并没有错。

就算我素来不关心演员背景，还是不可避免地获得了香川照之"出身很好""东大毕业""百战磨练"这些信息。而且我也不是大胆到对那些名头毫不在意的人。无论知性感性，还是在电影方面的造诣，我在那人面前都幼稚得不堪一击。想到这里，我不由自主缩起了脖子。明明选角时我就是希望他能对我有所照拂，然而一到面对面的时刻，我又忍不住退缩了。

然而，香川先生本人却能让人忘却那些东西，他对所有人都彬彬有礼，却不会难以靠近，甚至让我感到有些怀念。他还用细腻优美的语调发表了接纳我作品的宣言。而且正如我以前所说，他反复告诉我，这个角色"就是我自己"。

但是。

第一次见面过去许久，开机前试穿服装的日子终于到来，出现在我眼前的香川照之却成了另外一个人。他原本的优雅不知消失到了何处，大踏步走进房间，气势汹汹地往我面前的椅子上一坐，手上的本子往桌上一扔，对我说："我们来谈谈吧。"那本好像被翻来覆去看了许多遍，已经皱皱巴巴的东西原来是第五稿、准备稿和决定稿脚本。仔细一问，发现他对我的修订内容很有意见。"越改越不好了。"他的话让我险些晕倒。一半是出于失意，一半是因为正中靶心。我深深陷入了脚本的丛林中，早已分不清何为正确。明知道有东西需要改进，但在那个过程中，我却不断失去重要的闪光点。怎么办？怎么办？我该怎么办……？

"请你改回第五稿的台词。"演员斩钉截铁地说。随后，他目不转睛地盯着意识模糊的我，这样继续道：

"照理说，演员不该说这种话。我一直以来也是遵照脚本和导演的指示工作。可是，假设演员一生有三张发言卡，能对脚本提出意见，那我此时会毫不犹豫地拿出其中一张。改写之后，整体动态明显被切断了。一眼就能看出创作者被各种意见影响，导致下笔支离破碎。我第一次读脚本时，曾经感慨兄弟直接对峙那个镜头的长对话，这人恐怕是两秒钟写出来的。那段对话的气势就是如此强烈。可是，这版新台词又是什么！完全接不起来！这根本不是西川美和的台词！导演，拜托你，再考虑考虑。只要你答应考虑，无论最后得出什么结论，我都百分之百服从。”

……啪、啪、啪……现场周围充斥着感动与战栗的能量，如果这是美国电影，此时就应该响起排山倒海的掌声。面对一个刚准备拍第二部作品的稚嫩电影人，究竟有谁会提出如此诚恳又激烈的意见呢。我当时只顾着惊慌失措，出了一身黏汗，暗道：鬼子来了。

这种时候，身为脚本作者和导演，应该采取何种态度？香川先生在电影开拍之前，已经彻底成了剧中角色的养父母，他的模样仿佛保护孩子不被夺走、龇牙咧嘴的母亲。于是我决定鼓起勇气，把旧稿重读一遍，并为他的话而赌一把——“如果说这（原本的）台词还不够充分，那我就把里面缺乏的所有意义都表现出来。我答应你！”

如今想来着实可怕。若当时鬼子没有来，这部电影就无法孕育出那戏剧性的场景。我甚至不会意识到那个缺失。这不是说将台词复原后，香川照之进行了一场热烈的演绎。他的绝妙演技自不用说，连演对手戏的小田切让，也与他彼此呼应，表现出了没有写在脚本上的演技。看来，电影不该一个人做，而应该与别人一起做。

进入现场后，香川先生的热情远超我想象，如同熊熊燃烧的烈焰。但在演戏之外，他又恢复了柔和的佛性表情。他钟爱取景地，为剧组成员布置的片场大声感叹，当秋日绵绵细雨浪费了宝贵的拍摄时间，又会来鼓励我们这些焦急的人，还对一直遭到训斥的年轻成员讲笑话缓解气氛。

然而即使是这样的“佛祖”，偶尔也会任性地耍小性子。随着摄影深入，镜头渐渐都拍好了。演员们此生将不再演绎那个场面，我也不会再监督同样的镜头。电影制作就在前进的同时一点点终结。他时常感叹这种无常。感叹拍摄将要结束，再也无法演绎这个镜头，真让人感到寂寥。

那年三月末，我在试映会上与两位主演重逢。彼此卸下了责任和重压，仿佛同窗会般一团和气。我终于忍不住怀念的心情，在香川先生面前脱口而出：“好想再与现在这群人从头拍电影啊……”只见演员直直地凝视着我的脸，两眼放光，不断用力点头。那副模样好似鬼神。

《SWITCH》2006 年 6 月号

6 小田切让二三事

不知各位是否见过野生的雄狮。我没见过。

不过我兄长前些天到肯尼亚出差，回来对我说，那里的雄狮与日本动物园里充满挫败和疲惫的“那些东西”形似而神不同。君临百兽的雄狮，有着令人折服的美，在四周游荡的其他动物中优雅静卧，充满闲定的淡漠。那种姿态是对自身绝对力量的自负，背后还散发着绝对不动摇的自信。让人不禁感慨，“百兽之王”这个称号可能早在人类表述之前，便存在于自然界当中，向每一个生物散发出魄力。

我茫然想象着那种拥有压倒性美丽的野兽。

小田切让先生与我那时想象的动物格外相似。

我在《摇摆》这部电影中，描绘了“早川猛”这个男人的丑陋。角色在表面的名声和自尊之下，隐藏着一颗卑鄙而阴暗的心。那份内心的黑暗，以兄长“早川稔”引发的案件为契机，喷涌而出。然而他面对整个事件的重压，即使被痛击，宛如落入劣势、头晕眼花的拳击手，也直到最后都没有倒下，一直与世界和自己交战。那个“早川猛”的身姿，充满了美感。

小田切让这位演员张开双臂接纳了主人公的丑态，同时也接纳了作者对这个角色的深情，决心将他演绎出来。我本来对外表俊俏的男性抱有强烈猜疑，在了解那种人之前，就先带上了“妄自尊大”“自恋狂”“轻佻浅薄”的负面印象，并在这种偏见之下对其心怀警惕。尽管如此，小田切先生仿佛还背负着美貌背后的阴暗十字架，有着细腻体现人类生命之美的潜力。我认为，他是一位极为难得的演员。

他少年时期在电影院的黑暗中成长，对待电影如同父亲般尊重，同时也始终燃烧着想从那片黑暗中逃脱的挫败感。直到现在成为三十岁的大人，在沐浴舞台灯光的身体反面，依旧带有来自那片黑暗的冰冷和柔软。

那种向黑暗面的倾斜对我来说显得无比亲切，从见面那天起，我就感到“我一定能跟这个人开心共事”。随着摄影一天天深入，那个心情的真实感触也越来越强烈。我开始确信，自己能与他一道，引导这部电影走向理想的方向。然而我们毕竟属于一旦真的肩并肩，还是会心生胆怯的一代人，此时香川照之便成了兄长，又从外围将我们拥入怀中。真正的定心丸或许是香川先生才对。太可怕了。

虽然只是短短二十五天的摄影，我们三人却陷入了长年共同制作电影的错觉。最后一天拍摄，电影最后一个镜头前的风景。只要把这里拍完，香川先生就完成了所有镜头，将要留下弟弟小田切让独自离去。我经过取景地旁的取景巴士，从窗外看到两人面对面坐在车中交谈。他们谈了什么，我并不知道。我只知道两人脸上全无紧张，都以完全放松的姿态在说话。当时我突然痛恨起电影这种描绘虚构故事的空虚事业。所有人都全身心投入其中，拼命演绎出接近真实的东西，等到好不容易抓住感觉，一切便突然终结。或许正因为空虚，梦才会被称为梦。不过，那辆巴士停在冬天肃杀的空地上，两兄弟坐在昏暗的车中交谈的样子，真的像梦一样淡淡甘甜。

香川先生离去约十二小时后，经过彻夜拍摄，晚秋迟来的早晨也即将苏醒时，我跑向了小田切先生。

“我知道这很难相信，不过这是小田切先生的最终镜头。”

“知道了，我会做出整部作品最棒的表演。”

“谢谢，那我们就开始吧。”

我匆忙跑回摄影机旁。摄影机在稍远的位置捕捉了他的表演。被一切抛弃的早川猛独自坐在无人的餐厅里，散发着毫无着落的孤独。我认为那正是他说的最棒表演。与此同时，那个身影又好似小田切让本人。我将从他身边离去，但希望他今后依旧会散发着那种带着阴影的美丽光芒，照亮我们的屏幕。等到哪天，我又做了只能托付给你的梦，你愿意再次来到摄影机前吗?

虽然作品投到了戛纳国际电影节导演周，但号称“阳光刺痛皮肤”的南法戛纳的天气，可能也因为我这个传说中的雨女造访，第一天便是暴风雨的征兆。海上吹来的强风，让小田切先生漆黑的发丝，犹如孤傲王者的鬃毛般恣意张扬。

《SWITCH》2006 年 7 月号

第四章

提不起劲的转机

我是导演

就算心里想“飞到宇宙旅行”，实际被人邀请时，人们也会不由自主地退缩。同样，我也对当电影导演这件事心生退缩之意。我认为，在这种时候还能说出：“呀嚯，那就上吧！”那种人才是真正当导演的料子。

二十七岁时，我写了第一部脚本，并且被劝说自己亲自导演。如今过了五年，依旧有八成剧组成员是我的前辈。我读大学时以见习导演助理身份参与到电影工作中，被教导“哪怕晚一天进来也是前辈与后辈的天地之别”，当时可真是吓得直缩脖子。

然而一旦成了导演，世界就会彻底改观。不久前听见我打招呼还不理不睬的黑脸人，现在却用粗哑的声音对我用敬语说话。连女演员也会对我微笑。对我这个早已根植了下人习性的人来说，如此巨变实在太可怕，太让人坐立难安。想必，面对这种变化还能心情振奋面不改色的人，才是真正的导演料子吧。

电影导演也是一项孤独的事业。到外地取景下榻旅馆时，别的剧组成员都是好几个人挤一个房间，不得不每天忍耐彼此的磨牙和鼾声。唯独导演单住一间档次更高的房间，以便静下心来好好研究怎么拍电影。在充斥着啤酒、小吃和袜子气味的剧组成员房间结束热闹的会议，独自回到“导演房”中，会被里面的宽敞和安静压倒，毫无心思再研究电影。

然而我也不能一味卑躬屈膝，毕竟如今站在片场的理由是自己写的脚本应该能自己解说。尽管如此，临近开拍时间，我还是会食不知味，夜不能寐，开拍前一天，我甚至会坐在电车里妄想，如果就这样一路换乘，逃离这里……我真希望能有人用这种话来鼓励我：你那种细腻心思正是身为电影导演最重要的素质。

共同通信网 2006 年 10 月 13 日发布

夜的暗

正好一年前，我拍摄了名为《摇摆》的电影作品。当时担任摄影总监的高濑比吕志先生九月突然病逝。他曾参加过《失乐园》等大热作品的拍摄，从日活浪漫色情片时代一路打拼过来，享年五十岁，正是事业高峰期。去世的病因是脑梗死。

每次坐在车上前往下一个拍摄现场，他都会把双脚往仪表盘上一放，汽车一开动就陷入梦乡。由于摄影过程艰辛，剧组成员都养成了见缝插针打瞌睡的自我管理技能，然而如今再回想起从这个现场赶到下一个现场，中间从未停顿的高濑先生的瞌睡，心里却有些说不出的感觉。

尽管我在电影世界还是个新人，但手下的剧组还是会被煞有介事地称为“西川组”。不过电影人多为自由业者，从不专属一个特定的“组”，只要作品完成，就会一拍即散，再到下一个“组”去忙碌。

组员在为期数周，有时甚至数月的时间里同吃一锅饭，彼此之间早已没有隔阂，待到分别时，只留下一句“下次见”便消散得无影无踪。有时候几个月几年都杳无音信，这既不稀奇也不算失礼，因为大家都坚信今后还会再见。高濑先生对我说的最后一句话，也是“导演，回头见。”

我们头一次合作，结果竟也成了最后一次。他在组里会像个孩子一样，兴高采烈地谈论自己在各种艰苦片场被无数难题急哭的经验。对这个身经百战的摄影师来说，我的要求或许格外平凡笨拙，毫无挑战价值。尽管如此，我还是一心以为我们会“再见”。

人与人的关系中总有一些遗留，而那些遗留又将联系到未来的关系。只是，当那个人突然消失，“遗留”就成了刺痛内心的遗憾。因为弥补遗憾的机会，也随那人一起去了。

作品完成一年，许多细碎的缺憾逐渐显现出来。晚上熄灯躺下后，突然想到某处细节，险些要喊出声来。就算想怪到摄影师头上，如今也无法当面抱怨了。那种夜的暗，会显得格外沉重。

共同通信网 2006年10月20日发布

绿色冰囊的温暖
——观电影《黑眼圈》有感

因受伤而卧床不起的男性游民发起了烧。

名叫瑞瓦的男人拿出一个装有绿色冰镇饮料的塑料袋，想把它当成退热的冰囊放到伤者仰躺的额头上。然而肿胀的塑料袋实在很难放稳，若从额头滚下来便毫无意义，于是瑞瓦便抓过旁边的塑料袋套在男人头上，想把冰囊固定住；或是抓过一块脏兮兮的布条，试图将冰囊捆在头上；如此这般进行了种种尝试。浑身受伤的男人在昏睡状态下被人不断搬动脑袋，耳边一直萦绕着塑料袋“哗啦哗啦”的声音，最后为了不让冰囊落下，还被人把枕头垫高到不可能舒适的角度，让人不禁为他感到可怜。此时究竟能不能笑，是否会不妥？镜头将两人框在其中，许久没有变化。观看影片的人甚至对瑞瓦过于笨拙的行动产生了焦急情绪，但瑞瓦从未离开过那个固定的镜头，只是埋头用粗笨的动作努力看护眼前这个陌生男子。

这种尴尬和笨拙，该如何形容。

我们过于习惯飞快的生活节奏，渐渐无法静静注视眼前的事物发展和不带变化的风景。由于害怕观众无聊，电影人会尽量从胶片中剔除被认为是“多余”和“浪费”的部分，连我也完全不能例外。然而，若瑞瓦动作麻利地给病人额头挂上清洁的冰囊，与我看到的画面究竟有什么不同呢？或许那种表现方式也能传达出瑞瓦对病人的细心照顾。可是，在岿然不动的画面中，瑞瓦一言不发，用笨拙的双手与冰囊展开漫长搏斗的身影，以及中间流过的让人难以忍受的时间，不仅表现了瑞瓦的关心，还静静展现了人类“关心他人”这种行为本身的笨拙、滑稽与哀伤，让那种感情深深渗透到我们心中。

多亏他的照顾，男人第二天醒了，然而瑞瓦费尽心思做好的冰囊装置却被他不耐烦地一把扯下来扔到蚊帐外面。躺在冷色调硬地板上皱成一团的塑料袋，仿佛居住在吉隆坡的孟加拉劳工瑞瓦的化身。然而受伤男人卧床数日，体力尽失，很快又将蚊帐外早已变温的果汁袋拖回来喝掉了。男人心中并无恶意和邪念，正因为如此，这个场景才体现出了人与人之间无法顺利沟通的残忍和痛楚。

从头到尾支配了整部电影的每个长镜头，都与悠然平和的普通长镜头意趣不同。当中没有任何让观众适时看到想看的东西，也没有恰当引导他们发现每个镜头需要看到什么的善解人意之处。我们只能在那些漫长的镜头中，独自发现隐藏在人物繁杂内心活动中的不确定变化，与他们共同忍耐如同宿命般难以逃脱的生活的“冗长”。人物的行动并非基于能够轻易解析的行动原理，即使我细心关注，依旧不能理解他们的内心。女服务生陈湘琪照顾的年轻植物人，其内心空虚并不特别，所有人物心中仿佛都存在与他人无法相通，但本质都相同的空虚。连我也只能与人物一道保持沉默，注视着他们的生活。

城镇和故事里充斥着被抛出蚊帐的冰囊。每个冰囊在他们所不知的内心深处，都隐藏着与他人相连，触碰额头热度的欲望。发生大规模森林火灾，浓烟笼罩街头那一夜的床戏，竟包含着难以言说的温情。流浪的男子与陈湘琪在烟雾中身体交缠，他们的模样仿佛安慰了全世界的悲伤和苦楚。

当电影来到那美丽的最后一个镜头，观众们屏息目睹了弥漫整个故事的黑暗、凝滞与绝望，此时真正失去了言语，沉醉于隐约可见的光明中。就连想继续听听那迷人歌声的欲求，蔡明亮导演也不予纵容。但沐浴在漆黑背景的演职员表文字中，我们必定又会奏响各自的歌剧[1]。

《黑眼圈》宣传册 2007 年 3 月公映

1 《黑眼圈》日语译名为《黑眼的歌剧》。

青蛙与太宰

我母亲出生在山口县一个小镇上，当时电视等娱乐尚未普及，她陷入了严重的文字中毒，几乎将租书店的书翻了个遍。《十五少年的漂流记》[1]和《远大前程》[2]的遗产之谜把母亲从那个小世界带出来，展开了一场又一场让人目眩的冒险。结婚后生下两个孩子，母亲也用尽手头余钱买来各种图画书，每天晚上认真读给孩子听。那些拥有爱好并有条件的人，都会想把自己的喜悦与孩子分享。然而多数孩子都无法理解家长对那些事物的爱好。我兄长从美术大学毕业，从事设计工作，他对我说，那些故事全都从他左耳进右耳出，因为他只顾着凝视插画

1 指儒勒·凡尔纳的小说《十五少年漂流记》。

2 指查尔斯·狄更斯的小说《远大前程》。

的细节。而我则只对外国故事里出现的“越橘”和“兔肉派”这些美食感到雀跃，除此以外皆心不在焉。

如此这般，我没能遗传到母亲的文字中毒，即便“读物”是身边日常之物，我也从未意识到它们能影响人心，度过了埋头把玩青蛙和知了的童年。如今想来，若当时没有与“那篇文章”邂逅，我可能会从事捣鼓青蛙知了或搅动派皮糊的工作。

> 早晨，母亲在餐厅里舀了一勺汤，“嘶”地啜了进去。
>
> “啊！”她低低地惊叫了一声。
>
> 《斜阳》太宰治

当时我正读小学六年级。从小在笃信佛教的家庭里听着念佛声长大，我却十分崇敬亲戚家姐姐上的基督教初中，还说要去补习班补课，将来考上那所中学。那个学校里都是医生和律师家的孩子，成天穿着漂亮洋装，编着整齐麻花辫上学。我虽是个将发黄运动服塞进松紧带半身裙里的小女孩，却将那里视为自己应有的归宿，同时将那里的学生都视作仇敌，从而拼命学习，但每次模拟考试都被无情的现实击败。

就在我年纪轻轻便要学到“力所不能及”的残酷时，那篇文章就出现在了某天国语小测的试卷上，光芒四溢。

文章之美让我彻底忘了当时还在小测，只觉耳根发热，随即将试卷上摘取的文章一字一句认真读完了。

回到家中，我在晚餐时随意问了一句：“你们知道太宰治吗？”此前从不参与我读书体验的父亲，竟然露出了腼腆的笑容，还对我说：“家里书架上有太宰全集。”随即，母亲便接过话头：“太宰和萨特妈妈都读不来。”见母亲摇头，父亲便勾起嘴角，用年轻时学来的东京腔装模作样地说：“我可喜欢太宰，我理解太宰。”

我听得一头雾水，却感到一丝危险的气息。后来，父母二人罕见地站在一起，说着不成对话的感想，面带微笑看着我把手伸向家里那个又大又旧的书柜玻璃门。

那天晚上，太宰治对原本只知道跟青蛙玩耍的我做了什么，把我变成了什么样子，想必无须明言。我把读完的《斜阳》扔到一边，控制不住浑身的颤抖。我是对世界的广阔产生了恐惧。那并非遥远异乡的山野，并非空想的宝岛，而是内在世界的广阔。这就好像人类开始走向宇宙，也尚未企及这个小小地球的大海最深处。我未能完全理解主人公弟弟的自杀心理，却对那上面描绘的人心之深邃、黑暗产生了类似嫌恶的抗拒反应。尽管如此，一想到自己今后的人生中可能也会体味到那种滋味，我仿佛又能对“害怕活着”这种心情产生些许理解了。

我内心涌出奇怪的兴奋，生气似的把书扔到一边。喜爱冒险小说的母亲见此情景，露出了胜利的微笑。而父亲仿佛也十分受用。

头一次吸烟时，我觉得烟味道一点都不好，尽管如此，第二天早上我还是去店里买了一包烟。我虽不是那种天真烂漫的性格，却也不算早熟，但经过《斜阳》这一剂猛药后，我仿佛终于领会到了“死”的观念，随即便像许多少男少女一样，好似中毒般贪婪求取太宰的文字。长大成人后回首过去，我感觉那恐怕是继把玩青蛙之后的第二个成长阶段。我不知在哪里听过，孩子欺负小生物，不断将它们折磨至死，那就像是把“生命”放在手中拆解，了解其强度和重量，从而培养起将来控制暴力和杀戮欲望的自制力。假设青蛙是物体形态的“死亡”教师，那无论在生活还是作品中，都时刻与死亡为邻的太宰，或许可称为概念形态的“死亡”教师。他自己的人生或许始终带着一点孩子气，也有人认为号称“青少年麻疹”的太宰过于幼稚，实际上，我自己也不太好意思与人大声谈论太宰治。但请各位试想一下，让青少年像得了热病一般痴迷谈论，那难道不是世界上最难做到的事情吗?

我认为，太宰的失败只有一个，那就是终于自杀成功了。若那些作品能够成为直到最后都没有自杀之人的作品，那太宰的文学就不会变成弱者的文学。虚构文学因为虚构而精彩。那些作品本身并不是自杀后的太宰所留，而是自杀之前那个活生生的太宰写下的虚言。结果因为他自杀，那些作品都变成了真实，反倒失去了原本的光芒。

我当时可谓陷入了毒瘾状态，后来还是被太宰的文学前辈坂口安吾一掌拍醒。

> 活着最重要。他们连这点道理都不明白。关键不在于明不明白，而在于生或死这两个选择。死只是单纯的消亡，只是全部湮灭。人必须要活下去，坚持下去，战斗下去。人活着，任何时候都能去死。别干那种无趣的事。不要去做那种，任何时候都能做的事。
>
> 《不良少年与基督教》坂口安吾

我与安吾的邂逅，是《文学的故乡》这篇随笔。读高中时，似乎是预科班的夏季讲习课上，有一位非常优秀的男性国语老师，应该是他向我介绍了那篇散文。

“绝对的孤独才是人类的故乡”，安吾这句激昂的话语如雷霆般直击我的脑髓，让我再次陷入热病状态。不过热病的源头究竟是安吾还是那位老师，我现在已经不太清楚了。

安吾的“思索”干脆有力，将那些温吞水般的好孩子精神一刀两断，潇洒飒爽。然而未满二十岁的我不懂如何将那种英姿藏在心中滋养灵魂，而将它体现在日常言行中，对身边友人口无遮拦地展开极端批判，成了一个让人头痛的人物。如今回想起来，那时的我正如安吾脚下的焦土，是一片荒芜的不毛之地（虽并非战争后的焦土，而是单纯的不毛）。真正是不知敬畏、百无禁忌、肆无忌惮地铺陈着本质论的内涵。后来出到社会，挨了人生具象性的当头一棒，自己身上的尖刺全都撞墙碰壁，只能深深收入心中方能前行。这并不意味着我学会了“克制”，而是要在现实社会生活下去，不得不把安吾的思想也保管在内心最深处才行。

十几岁时，我在书本里寻找“思想”和“言语”，开始从事电影工作后，我又无意识地向书中寻觅“能拍成电影的素材”。这样一来，我发现志贺直哉代表的“似话而无话”的日本纯文学最难做成电影。原本我对译文心怀抵触，很少接触外国文学，但慢慢也开始看一些外国小说和推理作品了。

结果读书读到现在，我发现自己感慨“这个太棒了”的作品和“应该做成电影（或可以做成电影）”的作品截然不同。若专事写作之人一心将作品目标定为“改编电影”，我感觉那是相当不纯粹的好色之徒行径，想必所有高超的作家都会追求只能通过“文章”来表达的东西。随着电影经验增加，我愈发认为画面表述与文章表述的优点并不相同。优秀的电影作品会让文章家感到自身文笔表述的界限，并心有不甘，每每想到这里我都会面露微笑。反过来，当我接触到转化为映像绝对有所失色的，“唯文章”方能表述的作品时，自己也会恨得咬牙切齿。

石黑一雄的《莫失莫忘》是一部让我读到一半就止不住兴奋战栗的作品。正因为文章是种不伴随视觉具象性的表现形式，才会在应用 SF[1] 这类奇异题材时，无须担心惊悚性和

1　SF（Science Fiction），科幻小说。

现实性的失败表述，让读者在心中悄无声息地抓住主题。

虚构的绝妙之处，或许在于故事越精彩，就越能让人体会到创作故事的“人类可能性”，使读到故事的人心生勇气。井上厦先生说，就如运动员凭借超凡的身体能力让观众得到希望，作家的使命也与之相同。我对此深表赞同。

跟书本的关系，就像映照我人生各个时期的镜子。十九岁离开老家后，到去年为止，我已经搬过五次家。但不知为何，当时被我扔到一旁的那本《斜阳》，却从父亲的太宰治全集中偷跑出来，至今仍静静躺在我的书架上。那或许已经算是我自己的一小部分了。归根结底，我至今仍未有过文字中毒的体验，最近还把读书如抽丝归罪为作品“不让我好好读”，甚至开始原谅自己将读到一半的书弃置一旁。而那种放荡之举，可能就是我经过变迁的真正姿态。我自以为所读之书皆为上品，看来即使读了伟人的书，自己也不会变成伟人。

人生三册《yom yom vol.2》小说新潮

2007 年 3 月号特刊

不知餍足的女人
——向田邦子笔下逞强的色气

向田邦子真是太讨厌了。关于那个人的书籍至今仍不断推陈出新，传遍大街小巷，我真想说，快够了吧。不怕直说，我看到她就心生沮丧。不仅因为我本身也算是写脚本的人，还因为身为女人，“向田邦子”实在过于完美，过于无暇，过于耀眼，让我心灰意冷。

或许，她本人没有丝毫借他人自卑而上位的狡猾心思，写出的散文充满自虐和谦逊，她自己也精于此道，绝无恶意。她在作品中常会用到“八面玲珑”一词，她对待笨拙的读者，也穷极了八面玲珑之道。不仅容颜美丽、擅长烹饪，还是个待客能手。交友范围极广，为人幽默感十足，博学多才，打扮讲究，审美眼光独到，留下的作品都质量惊人。有了这么多良好品质，她还没有任何缺陷，让人无从挑剔，说不出那句“呿，讨厌的女人。”因为在人们冒出这种想法之前，向田女士的八面玲珑就会抢先一步占据制高点。就像骆驼吃草一样，我们正忙着优哉游哉地欣赏，她已经准备好坐垫和七十度的煎茶，等你回过神来，就只剩下说“谢谢”的余地了。着魔了，这是着了她的魔了。我们这些头脑如同骆驼的人，非要到合上书本两天后，才能感到突如其来的强烈嫉妒电流。

我知道这种嫉妒极为丑陋。我竟对大名鼎鼎的“向田邦子”心怀嫉妒，光是写出来就让人毛骨悚然。那是一种会逐渐侵蚀自身精神的感情。然而不可思议的是，向田女士写的虚构故事，却反复刻画了我心中实际存在、极度萎蔫、毫无节操的“不知餍足”之心。

兄弟姐妹、夫妻、妾与正妻、亲子、朋友、同事、邻居，富足者的欠缺，贫乏者的拥有，所有人物相互嫉妒，咬牙切齿，各自在日常生活的不自由中憋屈忍耐，逞强活下去。向田的作品仿佛一座“嫉妒百货大厦”。拥有如此多的优点，向田邦子依旧熟知“嫉妒”为何物。不仅熟知，若嫉妒存在学位，她便是博士级别。

那么，这位嫉妒博士如何在故事中铺陈嫉妒呢？

登场人物心中的嫉妒逐渐膨胀，或是引起各种愁云惨雾的事件，或是大胆冒险追求崇高境地，然而最初充满动力的发射，到最后大抵都会变成一发哑炮，或是以迫降为终结，让故事中人悻悻回到他们的日常中。不过亲近之人感受到的并非嫉妒或单相思，而是仿佛填补了彼此空缺的纠结缠绕，不存在夸张的争端和决定性和解，而是在彼此揭露了不堪入目的耻部后，僵硬而细碎地厮磨，最终留下略带温暖的丝样黏连。

他们回归的日常是否实现了变革？绝无可能。所有人都知道，即便留下了泛泛波纹，随着时间流逝，最终还是会恢复原状，或沦为另外一种空虚的容器。欠缺、无聊、认命，这些到最后都要默默吞入腹中，再次刻画一成不变的日常。这是何等静谧，何等寂寥。然而那种寂寥却是餍足之人和完美世界所不能见，如同小小贝壳内侧的复杂光泽。我认为，那种光泽正是向田作品的最大魅力。或许，她其实对“寂寥”一词有着异常深邃的理解。

向田女士作为编剧活跃的年代，其电视剧内容想必也极为丰满。然而向田电视剧，尤其是当中女性都带有“不知餍足”的神情，同时又不会高声吐露自己的“不知餍足”，而是狠狠嚼磨后槽牙逞强隐忍。无论哪位演员，都将那种扭曲演绎得格外妖娆。那是十几年前昭和终结之时，那个时代本身也荡漾着近在咫尺却无可触及的缺憾和清冷，随处可见阴影和徒然。我认为，那是电视剧初生的世代。

我不想与众多热爱向田女士的人为敌，但老实说，相比人们口中“完美的向田女士”，我更喜欢她作品中那些“不知餍足之人”散发的魅力。同时我也认为，后者更接近向田女士的本质。向田邦子本身具备了身为女性应该学习的众多风度品格，可我偏偏想学习向田女士笔下人物那种将不餍足、嫉妒、寂寥这三种秘密暗藏心中，蒸腾出一丝倔强香艳的方法。像我这种人，只会笨拙地挥洒诸如“想要那个”“欠缺这个”“不原谅那家伙”“要超过这家伙”等等，连狗都不屑一顾的内心秘密，因此只想以她留下的作品为师，想办法矫正过来。

特辑·这些人的风度品格《yom yom vol.5》

2007 年 12 月号

照耀密阳的光

——观电影《密阳》有感

首先让我大吃一惊的，是饰演主人公申爱的全度妍在故事开场展现的“面孔”。

前往密阳途中，天空洒下温暖阳光，申爱与儿子嬉戏玩耍。她脸上带着年轻母亲无忧无虑的笑容，同时又荡漾着某种难以描述的饥渴，仿佛已经疲于哭泣，再也流不出泪来。

那个小镇名叫“密阳”，名称极具魅力，实际却是日本随处可见的普通地方城市。那里没有多彩的自然和明媚风光，只有表面追求大城市功能的便利性，重重叠叠构成了一种暧昧光景。申爱之所以将未来希望寄托在那样的土地上，完全因为那是养育了亡夫的故乡。原来如此……不，谈不上原来如此。

申爱这个女性偶尔会表现出略显特异的性格。她去当地服装店，突然对头一次见面的店主提起了店内装潢建议；儿子在小教室里参加演讲比赛，她却用让周围都吓一大跳的音量给予声援；断然否认丈夫死于出轨时遭遇的交通事故。那些都不是百人之中难得一见的格外怪异性格，但偏偏就是那些让人很难平静接纳的小小细节，在她与他人（还包含血亲和丈夫）之间制造了小小的沟壑，让人不难联想种种不理解重叠在一起，使她不断被孤立，最终不得不离开曾经生活过的首尔。

由于不喜欢别人怜悯她身为单身母亲的境遇，申爱谎称自己是计划在当地投资的资产家，这也是她那些奇特行径之一。周围主妇艳羡的目光，以及跟当地有权有势者存在交流，这些能否治愈她曾经体会过的隔离与孤独呢？总而言之，这么做的代价远远超过她得到的东西。有人觊觎她虚构出来的财产，将她儿子绑架，最终将其杀害。她因此失去了儿子。

在附近经营小修车厂的宗灿对申爱怀有好感，希望能帮助申爱。然而唯一的儿子被杀害，身为母亲的申爱陷入了绝望。此时一个等同陌生人的异性对她表现出笨拙的爱慕，丝毫不能缓解她的痛苦。申爱披头散发，四处徜徉，不顾周围目光发出呜咽。笨嘴拙舌的宗灿只能跟着她走来走去。好像连老天都在嘲笑他的爱慕，申爱直接投入了上帝的怀抱。

事实上，一个东京 FILMeX 电影节先行观看过影片的人早已对我兴奋地透露了这部作品最后的冲击性发展。我记得，当时光是听他描述，我就感到全身泛起一阵鸡皮疙瘩。那种事能拍到电影里吗？而且还是一个韩国导演在大部分国民都信仰基督教的韩国拍摄。这简直太挑衅了。

但实际观看电影时，尽管已经听过故事核心部分，在申爱与杀害孩子的凶手会面瞬间，我还是没有忍住浑身震颤。申爱信奉了上帝，认为“发生在我身上的所有事都是上帝的旨意”，因此彻底忘却了儿子悲惨的死，脸上重现笑容。然后，她将遵照上帝的教诲，原谅并敬爱自己的敌人，“我要饶恕那个罪人，并向他传播上帝的救赎”。可就在她打开监狱谈话室大门的瞬间——

门后现出的那犯人的表情！

观众心中恐怕也产生了与申爱同样的感情。

这到底是怎么回事，究竟是谁允许了这种事。

她已经与上帝成为一体，甚至在背负了儿子惨死的不幸之后，依旧坚信自己上升到了能够原谅那种暴行的境界。她本来要站在那个高度，会见牢笼之内悲惨无状，下等卑劣至极，如同野兽的男人……

很快我就发现，这部电影并没有揭露无法救赎她的无能上帝，而是将焦点集中在纵使信奉了上帝得到救赎，纵使能够悔改，能够重生，人类心中还是会霎时间燃起熊熊烈火，始终存在着不可操纵的自我。人类无论如何蜕变，都改不了身为人类的事实，这让人不禁毛骨悚然。

故事残酷无情，申爱哭得声嘶力竭，不依不饶，但不知为何，电影从头到尾都保持着一种不可思议的静谧。其中感觉不到凄厉，甚至有种淡然。李沧东导演的视角并没有所谓“神的视角”那种居高临下感，但他观察众人的独特眼光却与之相似，有种茫漠而宁静的胸怀。

我们沉湎在那个胸怀中，眼看着申爱的命运永远无法复原，却只能无力旁观。与同样无力的宗灿一道。真的就这样无能为力吗？真的无法为她做点什么吗？如此思索之间，142 分钟眨眼飞逝。我很肯定，这并不是一个讲述被命运捉弄的悲情女人，以及拼命支持她，为她奉献的男人纯粹爱意的故事。异于常人的宋康昊演绎出的宗灿究竟对申爱的伤痛理解了几分，是否产生了正确共鸣，这点非常让人怀疑。上帝没能救赎被命运刺伤内心的申爱，而宗灿不仅没有诅咒那个失败的上帝，反倒开始信奉他，将他作为自己的心之归宿，丝毫没有疑问。

在密阳这个小镇，她与唯一深爱自己的人之间存在着一道鸿沟，怀抱着彼此错过的心意。而且，今后那道鸿沟并不一定能填平。我的悲痛并非他的悲痛，两人只能背负这个无法改变的现实一起生活，并且从不放弃。在这个没有奇迹、并不美丽的空间里，也洒下了阳光。那就是地表的阳光。

生息之处，尚无可尽数。

《密阳》宣传页 2008年6月公映

提不起劲的转机

前不久，我听说一位与我年龄相近的电影导演，早在高中时代便与友人一道，用家庭摄影机拍摄好莱坞电影仿作，不禁浑身一震。因为我从未有过不管什么题材，先拍一部电影再说的年轻记忆。我只是在学生时代即将结束时，凭着对“电影”这种东西的茫然憧憬踏足了那个世界。然而说白了，有谁不会在人生某个阶段产生“对电影的茫然憧憬”呢？如今想来，那个动机确实很敷衍。每次有杂志来采访，问到我选择这份工作的动机时，为了不玷污“电影导演”这顶厚重冠冕的神秘性，我都要苦思冥想一段像模像样的回答，结果还是会让采访人脸上露出暧昧的苦笑。不过说到底，我总觉得决定人生的并非“伟大动机”，而是一连串“小小的转机”。

二十五岁那年冬天，我第一次创作电影剧本。当时我已经在好几个现场当过打杂，默默忍受着纵向社会的压抑，那些压力终于爆发出来，成了创作的动力。人在那种时候写的东西都气势十足。唯独这片空白的稿纸上，不存在让我害怕的东西。这是我能自由驰骋，甚至充当上帝的王国。就这样，我写出了少年犯罪与家庭问题，奇幻与现实主义，动作、凶杀、性爱，所有这些交织在一起，不知写了多少页，总之若直接拿来拍摄，恐怕是个预算高达三亿日元，总长超过三小时的鸿篇巨制。主人公们都充满力量，甚至能让擦肩而过的路人都热血沸腾。我把内心蒸腾的所有东西都投入到稿纸上，暴露于阳光下，注入了对电影经年累月的“憧憬”，最终感到出了一口恶气。只是，与创作时的劲头相反，此时我开始不敢给任何人看自己创作的东西。

结果，我只让一个人看了那部脚本。

就在创作完成三个月前，我跟一个男人断绝了关系。他对我说，虽然以后不再相见，等你脚本写好了，我还是会读一遍，把感想告诉你。从那以后，我们就没再联系。

直到今天我也不愿承认，当时我心中或许有些难以言说的盘算。那人看了我的脚本，说不定会感叹这太厉害了，充满了光芒，原来你还会考虑这种东西，是我有眼不识泰山，我还想跟你再续前缘……

然而结果却十分惨烈。“彻底批判”“无情贬低”和“骂骂咧咧”被揉成一团，降落在早春甜美夕阳下的安静咖啡店中。那人留下一句“完全不明白你想表达什么”便离开了。我的美梦被击碎，连举起咖啡杯的气力都提不起来。窗外早已落下夜幕，我被扔在咖啡厅，凝视着早已凉透的咖啡上打转的油星，心里在想：你以为你是谁。那个“你”，既是方才离开的男人，也是我自己。

不得不承认，有许多只要想起来就让我胸闷的事，过后回忆起来，往往成了自己人生的转机。

从那以后，我似乎再也没把空白稿纸当成自己的王国。因为那样写出来的东西，连曾经喜欢过的人都无法理解，更遑论——后来执笔时，我一直铭记着那个教训，不敢忘却那天冰冷苦涩的咖啡触碰舌尖的感觉。如今我早已跟那个人失去联系，甚至不知道从何打听了。

特辑·我的转机《J-Novel》2009年7月号

父亲的场记板

我意外发现，没什么人知道电影拍摄中使用的场记板究竟用途何在。甚至有很多人至今还以为，拍电影就像搞笑小品剧里演的一样，电影导演头戴猎帽，身穿灯笼裤，亲自上阵在镜头前敲打场记板。

电影胶片与数字摄影不一样，只能记录画面，所以需要录音技师用麦克风采集音声，另外录制下来。场记板是为了给日后合成画面和声音时留下一个记号。剪辑师会看着显影出来的胶片，寻找摄影机前场记板合起的那一帧，将它与录音带中敲响场记板的声音对在一起，这样就能保证后面的画像和声音同步。据说最理想的做法是：导演喊“准备”，场记就将场记板伸入镜头内的最佳位置，紧接着在“开拍”的话音落下之时，找准二十四分之一秒（一帧）的交界处“咔嚓”，再在演员开始表演前以八分之一秒（三帧）的速度退出镜头外。这种执着于节约胶片的技术，确实展现了日本电影节独特的匠人形式之美。退出镜头后，为避免制造多余噪声，场记必须在镜头外缩起身子一动不动，就算不小心摆了个奇怪的姿势，也要在那个镜头结束前一直坚持，哪怕肌肉和筋腱开始痉挛，也要强忍呜咽，五分钟十分钟地等下去。

敲场记板这种工作一般由三四人的导演助理团中地位最低的人负责。一旦有了资历，也会变得非常熟练，可以像西部牛仔剧的枪手一样将场记板翻出花来。不过那东西与乐器和菜刀类似，无论什么人都要埋头练习才能抓住诀窍。我毫无例外就是那个一直学不会的人，不知被多少人责骂嘲笑过。每次我都郁愤难平，心想好莱坞打板子哪有那么多规矩。然而我的存在实在过于渺小，让人提不起心力去反抗，只得给场记板套上劳保手套杜绝噪声，独自在深夜里反复练习。

只不过在敲场记板这件事上，我也有我学不好的理由。只要去制片厂就能买到场记板，但是价格高达数万日元，同时做工简陋，用久了声音还会变浑浊，黑板部分敲着敲着还会掉下来一块。关键那些场记板的夹子部分都按照男性的双手尺寸制作，对我来说又大又重。我也尝试过用小刀把夹子削成适合的形状，可越削越难看，又成了别人的笑柄。

每部作品拍完，我都会累得气喘吁吁，趁着下一个工作找上门之前逃回父母家，写写形似脚本的文字。一天，我在餐桌上脱口而出敲场记板这种杂活的辛苦，父亲竟少见地探出身子认真听了我的话。他年轻时干过汽车设计，是个巧手之人，退休后开始玩木雕，能够惟妙惟肖地复制出知名能面具和佛像，甚至那些作品的老化和脱色情况都做得一模一样。由于他并不用那种手艺卖钱，家里人都不太支持，但唯独那天，母亲说："那种东西你爸爸随便就能做出来。"结果父亲拿着我带回去的场记板端详许久，嘴上说着"不知道能否做好"，却已经露出充满胜算的笑容，走进了他的工作室。

回东京一段时间后，家里就给我寄来了层层包裹的新场记板。上面装着精致的黑板，涂抹得一丝不乱的黑白色纤细把手边缘，还安装了防滑装置，连金属合页都是手工制成。据说父亲把木头强度和打出来的音质都彻底研究了一番，还用好几种木材做过几个样品。我敲一敲，果然声音清脆，握在手上轻盈顺手，不由得惊呼一声。我与父亲几乎不会在特殊日子交换礼物，但父亲可能一直在等待某个时机，想为我做点什么。然而喜欢动手做东西的人，哪怕是为了什么人而做，到中途也会沉浸在制作物品的乐趣中，结果便忘却了一开始的初衷，变得乐在其中。父亲制作场记板时燃烧的谜样热情，我似乎能够理解。

后来有好几个导演助理和录音技师夸过“这场记板的声音真不错”。让我难以置信的是，不知从何时起，还有人开始夸我“那家伙挺会打场记板的”。不过我对此心情非常复杂。把父亲的场记板当成宝贝一样用，意味着我做来做去还是个受尽欺负的打杂。我一直都在寻找机会脱离这种苦海，然而父亲却不管不顾，给我做了这么一个精巧细致，能用一辈子的完美场记板，让人心情很是复杂。总而言之，我后来又拿着父亲的场记板埋头敲了一年半左右，最后果然是我比场记板先举手投降，从此将它压在了衣箱底下。不过它用起来真的很顺手，有一次当导演助理的后辈来找我借，我就高高兴兴地借出去了，结果它不知被带到哪个片场，好久都没回来，那时我真的像孩子久出不归的母亲一样担心坏了。所以虽然压箱底有点浪费，我还是不会再把它借给别人了。那是我的宝物。

——我的宝物《J-Novel》2009 年 10 月号

拍摄朦胧的东京

第四部作品——长篇电影《卖梦的两人》已经完成。我在这部作品制作过程中，又收获了许多经验，同时还第一次尝试了“拍摄东京”。

对于出身外地的我来说，虽然在东京居住了将近二十年，依旧有种“在他人土地上寄居”之感。这片土地虽不对我疏远，却难以看清接纳我的主体真实相貌。像我这种无法在任何地方扎根的浮萍一族，都在看不清相貌的城市里，沉浸于薄凉而松散的巨大怀抱中生存。虽无法将东京拍摄成“我的城”，但我认为“外地浮萍的聚居之地”也是东京其中一种面貌，便决心接受这个挑战。

不过，要寻找拍摄的主题“色彩”和图像式世界观却非常困难。

东京存在着各种色彩，与此同时，任何色彩都无法成为它的特征。我认为，那也体现了东京生活方式的多样性。超乎想象的富裕阶层常在不知不觉间，与最底层的生活者擦肩而过却彼此不自知。正如东京“生活方式的选择及其结果”有如一场赌博，这部作品对色彩的选择也让我万分烦恼。然而到最后只能得出暧昧模糊的答案，我也感觉归根结底，唯有暧昧模糊才是最正确的回答。这座城市里的世相，恐怕才是东京最迷人的妙景。

故事的时间跨度超过一年，这也是本次作品的新尝试之一。然而拍摄时间只有夏天到秋天的五十天，于是有人提出建议，可以在后期加工阶段导入数码中间片（DI）技术。那种技术可以部分改动画面色调，在设定为隆冬的场景中，技术人员可以将画面里的树木色度加以改变，把鲜艳的绿色削弱成枯木的褐色。我只是一脸呆滞地听着那些解释，心想只要让我用35mm来拍，别的什么都好说。我很幸运，在数码摄影时代之前便开始了电影工作，包括导演助理时代，我只有过用胶片拍摄电影的经验（长篇有时会用super 16mm胶片），心中也有着十分传统的固有观念，认为“电影”就应该唤作“film[1]”。可是若以导入 DI 和 CG 处理为前提，从成本方面考虑，数字摄影明显更有利，便有人提出了选择数字摄影的方案。为比较胶片与数字的成像效果，我们拿到了 ARRI 公司开发的数字摄影机“ALEXA”，用它与胶片摄影机拍摄相同事物，搞了一场摄影机测试。负责摄影的柳岛克己先生似乎认为胜算很大：“只要看过测试正片，两者差异应该一目了然，彼时就能对制作组说：你瞧，果然还是胶片好。”——然而，最终还是 ARRI 开发人员的努力取得了胜利。

虽不能说全无差别，但在我这个外行人眼中，很多部分几乎看不出区别，数字摄影与胶片摄影的落差已经被消解到了很高程度。既然已经失去了坚持胶片摄影的借口，我只能用瑟瑟发抖的声音问了一句：“您说成本有差距，究竟相差多大呢？”制片人闻言，竖起一根手指。从他脸上沉重的表情判断，那一根手指并非代表十万百万，明显还要再加一个零。

想到负责前期准备的美术部和服装部，每次听到我要多

1 “Film”亦有“胶片”之意。

修一堵墙，把女演员的涤纶内衣换成丝绸，都要露出苍白的脸色。几经烦恼之后，我决定选择 ALEXA。柳岛先生的心情应该很复杂，但他还是对我说："乐观一点，我们可以做些唯有 ALEXA 才能实现的事情。"我感到自己被救赎了。能遇到那种时候对我说那种话的摄影师，说不定才是我身为导演运气极佳的体现。尽管如此，摄影部和照明部成员眼底还是隐藏着失望之色。想必他们都能感觉到我分辨不出的色彩微妙差异，唯独胶片才能拥有，其他形式绝对无法复制的精髓。那天晚上我回到家，独自哭泣了许久。各位可能觉得不可思议，但我确实有种舍弃养育自己长大的老父亲之感，难以承受那种失落。

从结论上说，ALEXA 其实有数不清的优点。在后期加工阶段，因为柳岛先生和 IMAGICA 公司的 DI 技术员山下先生格外细心坚持，影片最后得到了朦胧柔和的效果，若我自己是观众，说不定会误以为那是胶片作品。根据照明师铃木康介先生介绍，只需转动摄影机上的旋钮，就能按 100 开尔文的单位来调节色温，如此便省去了给灯光上滤片的工夫，非常方便。然而他也说，这仅仅是方便，尚不知道除此之外还有什么优点。据说，不仅仅是 ALEXA，所有数码摄影机拍出来的红色都比胶片感觉更“脏”，尤其当日本人略带黄色的肤色被钨红色光照到时，看起来就特别脏。本次作品有个核心场景，是主人公夫妇在夕阳笼罩的居酒屋门前对峙。我觉得那个夕阳的色彩带着一种中南美城镇酒吧的氛围，所以特别喜欢。而铃木先生则在彩排中仔细确认了整场戏的动态，保证光不会直射在负责扮演妻子的松隆子女士脸上，对照明位置进行了调整。我问他：“如果这是胶片摄影呢？”他回答：“那就直射了。”我对其中的讲究一无所知，只需坐在一旁，开开心心地咕哝着“松女士的脸真好看”，就把电影拍成了，看来导演这一行真是自在得很。

数码拍摄的多功能性给我带来了许多从未体验过的可能。我在抛弃胶片摄影，哭了一夜之后，还是从开拍那天起就甩开膀子起劲地拍，得意扬扬地用小屏幕检查拍好的画面，连高速镜头也没有定下倍率，时常乱拍一通。我认为，胶片摄影的片场能够培养人“看穿不可视之物”的能力。而我至今尚未习惯那种片场，将那种能力学到手中，却不消半日便习惯了方便的数字摄影。虽然可能性的增多让我倍感充实，但我同时也感到自己“选择”的品位渐渐被磨灭了。曾经，我要在极端制约的环境中动用第六感，决定“只有这样能行”，在看不见的可能性中投入直觉，孤注一掷。但这次的片场，似乎没有那种紧张感。

这次拍摄最大的收获就是，我得到了许多经验，也克服了以往的“偏见”。为此，我要由衷感谢那些容忍我的无知，一路为我提供支持的技术人员。不过，如果下次还有拍摄电影的机会，我可能还会踏上旅途，去寻找被我舍弃的老父亲。

父亲啊，请你不要死去，静候我的归来。

《映像照明》第八十期，2012 年 7 月刊行

后记

我从小就受不了定期去做一些既定的事情，就算是出于兴趣开始学习，一想到自己下周、下下周、下个月、明年还要去同样的地方做同样的事，我就会感到胸中苦闷，提前两天开始坐立不安。这种性格本来不适合做杂志连载，但负责人还是体谅了我这种时间不规则的工作，只要求每三个月交一篇稿，对我这个“落后分子”百般照顾，才有了《J-Novel》的几篇文章。本次正好在新电影完成之际，将连载内容汇集成书，又趁机把以前在各种地方发表的文章也收纳进来。时间最久的竟已过去七年。七年是什么概念？一个没有父母陪伴就睡不着的孩子，已经能长成嘴边蓄着稀薄胡须的少年。不过此次将文章通读一番，发现自己并没有什么成长变化，让我很是介怀。

七年来，我只制作了三部电影，产量如此之低，与其说慢慢积累起经验，反倒令我每制作一部电影，就越来越不懂电影。我作为导演出道的时间较早，无论在什么场合都只能缩着脖子当“新手”，然而反过来想，若一直坚持下去，总有一天我会比周围所有人都资深，可以朗声探讨电影，旁若无人地高声谈笑。我虽然一直这样鼓励自己，但奇怪的是，每次拍摄电影，我都会感到有越来越多琐碎细节无法简单处理，放眼望去，前路一片黑暗。观看别人制作的电影时，我也再不能像以往那般没心没肺地看完了事，而是会抓住一个镜头拼命思索，究竟怎么做才能拍出这种效果，究竟怎么解说才能让演员做出这种表情。不知这是我的特殊情况，还是电影本身就如此难解。然而人类可悲之处就在于，一旦想通了某件事，就会瞬间失却热情。因此，我能拥有这样一个永远搞不明白的恋人，实在非常幸福。想必这场恋爱，还将持续很久。

尽管如此，每次提笔书写连自己都不懂的电影，我难免会退缩。本来打算趁出书的机会，让连载告一段落。没想到实业之日本社的高中先生和责任编辑加古先生又来好言相劝，让我每次只写一点就好，所以我正打算今后也不辜负他们的好意，再写点东西出来。不管怎么说，那些已经被我遗忘的小文章，能借这个机会重见天日，对我个人而言，也因此回忆起了曾经与许多人结识的缘分。高中先生，加古先生，谢谢你们。另外，没想到竟能找到兄长多年好友寄藤文平先生负责装帧，这种接连邂逅的感觉让我万分欣喜，如在梦中。文平先生，铃木千佳子女士，谢谢你们。

此外，还要对所有支持我电影事业的人，致以由衷感谢。

著作权合同登记号：图字 18-2019-273

图书在版编目（CIP）数据

西川美和：围绕电影的 X /（日）西川美和著；吕灵芝译 . -- 长沙：湖南文艺出版社，2019.12

ISBN 978-7-5404-9455-1

Ⅰ. ①西… Ⅱ. ①西… ②吕… Ⅲ. ①随笔—作品集—日本—现代 Ⅳ. ① I313.65

中国版本图书馆 CIP 数据核字（2019）第 211919 号

上架建议：电影・随笔

XICHUAN MEIHE：WEIRAO DIANYING DE X

西川美和：围绕电影的 X

作　　者：［日］西川美和
译　　者：吕灵芝
出 版 人：曾赛丰
责任编辑：薛　健　刘诗哲
策划机构：雅众文化
策 划 人：方雨辰
监　　制：于向勇　秦　青
策划编辑：陈希颖
特约编辑：陈希颖　张　卉
营销编辑：张　琳　刘晓晨
装帧设计：山川制本 workshop
出　　版：湖南文艺出版社
（长沙市雨花区东二环一段 508 号　邮编：410014）
网　　址：www.hnwy.net
印　　刷：北京市京东印刷厂
经　　销：新华书店
开　　本：787mm × 1092mm　1/32
字　　数：118 千字
印　　张：7.5
版　　次：2019 年 12 月第 1 版
印　　次：2019 年 12 月第 1 次印刷
书　　号：ISBN 978-7-5404-9455-1
定　　价：58.00 元

若有质量问题，请致电质量监督电话：010-59096394
团购电话：010-59320018